그래도 뚜벅뚜벅

그래도 뚜벅뚜벅

초판 1쇄 인쇄 2013년 7월 16일
초판 1쇄 발행 2013년 7월 29일

지은이 최남수
펴낸이 전익균

기획 (주)텐아시아
이사 임상직
편집장 이호영
편집 및 디자인 Anthony. Lee
경영지원 전사랑
유통문의 새빛북스 전화 02)408-1997 팩스 02)404-1997

인쇄 및 제본 (주)인쇄그룹형제

펴낸곳 에이원북스
주소 서울시 중구 초동 42번지 아시아미디어타워 503호
전화 02)2200-4310 팩스 02)2200-4311
이메일 svedu@daum.net 홈페이지 www.bookclass.co.kr
등록번호 제301-2013-038호 등록일자 2013. 2. 12

값 18,000원

ISBN 978-89-969980-3-7 (02800)

그래도
뚜벅뚜벅...

최남수 지음

AONEBOOKS 에이원북스

동대문

プ롤로그

　여의도를 대표하는 63빌딩. 아침에 여의도 쪽으로 마포대교를 넘다보면 시선의 변곡점을 스친다. 막 눈 비비고 일어난 햇빛이 역시 막 기지개를 편 63빌딩과 예각으로 만나는 지점, 그곳에서 빌딩으로 직진하던 햇빛은 직각 반사가 돼 눈부신 광선을 쏘아댄다. 쳐다보는 이의 망막에 강렬한 찰나의 이미지를 새긴다.

　삶 간단치 않다. 얼마나 많은 고개를 넘고, 웅덩이에서 빠졌다 나오고, 넘어졌다 일어서고, 직선이 아닌 꼬부랑길을 걸어야 하는가. 이 만만치 않은 삶을 그래도 풍성하게 하는 받침대는 관점이라고 생각한다. 무엇을, 어떻게 바라볼 지가 삶의 방향타를 결정한다고 믿는다. 빌딩과 햇빛이 만나는 그 교집합의 지대를 바라볼 줄 아는 눈, 그 눈부심을 가슴의 빗장을 열어 품을 줄 아는 가슴, 멋지고 어리석지 않은 삶을 이루는 필요충분조건이 아닐까. 보는 것과 보지 못하는 것의 차이는 삶의 수위의 차이로 나타난다.

　힐링이 대세라고 한다. 그만큼 많은 사람들이 아파한다는 얘기다. 경쟁만이 판치는 피로사회의 구조 앞에, '우리'의 공동체성이 바닥을 드러낸 자리 앞에서 다들 가슴을 여미고 있다. 많은 힐링 서적들에 독자들의 손길이 몰리는 이유이다. 한 가지 의문점이 생겼다. 치열하게 머리 터지는 상처투성이의 현실 세계와 다소 거리를 둬 보이는 저자들이 던지는 위로의 메시지. 충분히 감동적이고 상처를 어루만지지만 같은 아픔을 겪어본 체험의 공유가 적지 않는가 하는 의문이다. 정말 팽팽한 밀고 당김이 있는 현실에서 고뇌하고 아파하다 일어서는 굴곡의 과정을 되풀이 하는 실제의 삶. 그 발걸음이 숙성되면서 약하고 가느다랗지만 진액처럼 나오는 '생계형 깨달음'의 소리도 의미가 있을 것 같다는 생각을 하게 됐다.

이 책을 쓰게 된 동기이다. 필자는 대단한 성찰의 과정을 거쳤거나 큰 깨달음을 깨우친 사람이 아니다. 반복되는 일상의 삶 속에서 실수와 잘못을 되풀이하면서 작은 성찰과 깨달음을 돼지저금통에 동전 넣듯이 모아온 평범한 사람일 뿐이다. 대부분의 사색의 여정은 필자가 즐겨하는 자전거 타기와 사진 찍기, 그리고 시 읽기의 취미 생활 속에서 이뤄졌다. 일 년 여의 라이딩 그리고 마음의 렌즈에 잡힌 피사체의 포착, 아름다운 언어의 씨줄과 날줄에 실리는 시적 감상. 삶과 자신을 들여다보는 중요한 시선의 입구가 됐다. 이 책에 실린 글들이 그 자그마한 결과물들이다.

필자가 가장 좋아하는 단어는 '뚜벅뚜벅'이다. 삶이 오르막길이든 내리막길이든 한 발한 발 차곡차곡 우직하게 내딛어가는 삶을 꿈꾼다. 삶의 여정 위에는 수많은 외부적 자극이 드리워져있다. 중요한 점은 그 자극의 정도가 아니라 그 반응하는 방식에 있지 않을까. 반응하는 방식을 바꾸면 그 자극도 어느 정도 중화되고 편차가 작은 삶을 '뚜벅뚜벅' 살아갈 수 있을 것이다. 앞으로도 인간적 한계로 수도 없이 넘어지고 실수하겠지만 이런 우직한 삶을 지향하고 싶은 소망이 이 책의 글결 사이에 흐르고 있다.

　이 책은 108개의 주제들을 삶, 빛, 결, 우리의 4개 소 주제로 나누었다. 삶에서 빛을 보고마음의 결로 '우리'를 복원하자는 의미이다. 지난 1년 여 동안 찍은 사진들과 그 시를 짧은 글 또는 시로 읽어낸 마음을 담았다. 이 책을 따뜻한 마음의 탯줄로 평생 자식을 품어오신 어머님께 드린다. 그리고 이 책의 출간에 선뜻 동의해준 전익균 새빛에듀넷 대표님과 이호영 새빛출판 편집장님, 집필에 대해 소중한 조언을 해주신 전수미 머니투데이방송 작가님, 그리고 책의 편집과 교정에 큰 도움을 준 머니투데이방송 임유정씨에게 감사의 말을 전한다.

Plodding

Plodding wins the race, though life is not an easy journey. We should come over many hurdles and sometimes get out of a puddle, rising again after stumbling. We may want to go to the goal on a short-cut but have to make a detour. The focus of a life is put on a direction, but not on a speed. Thus plodding rather than running makes life meaningful and insightful.

For about a year, I have enjoyed a bike riding with taking photos of nature, people, and city life. I have tried to look at things with a poetic view when taking photos. The value of plodding I mentioned above is reflected in the photos. Then, those photos are interpreted from a perspective of an essay writer or a poet.

There are one hundred and eight photos with poems in this book, which are categorized into four groups such as "Life", "Light", "Heart", and "Together." We glimpse at light of heart in our lives and finally recover the community we lost in a competitive society. I hope that the photos in this book give readers hope, happiness and insight on our daily life.

May 5. 2013

Seoul. Korea

상을 다르게 보면, 세상에 떠밀리지 않고 균형을 잡을 수 있다. 나를 찾을 수 있다. 저자는 시와 사진, 언어와 이미지, 생각과 시각을 절묘하게 넘나들며 치유의 기행을 하고 있다. 그저 놀라울 뿐이다.

언론인으로서 누구보다도 치열한 삶의 현장에 있으면서도 삶에 대한 건강한 관점을 놓치는 않은 '그래도, 뚜벅뚜벅'. 쉽지 않은 삶의 여정 속에서 고뇌하는 현대인들이 그 호흡의 결에 주파수를 맞춰 읽어볼만한, 그리고 실행에 옮겨볼만한 '스트레스 힐링'이 될 듯하다.

인제대학교 서울백병원 정신건강의학과 교수

우종민

사진이 된 문인화, 삶의 현자를 만나다.

세상을 보듬어서, 세상을 바라 보기

마음을 내려놓아, 마음이 가득 차는

사진 속 발걸음으로 마음빗장을 열다.

    울퉁불퉁한 삶 속에서 다져진 마음의 소탈함. 뚜벅뚜벅 발품들여 세상을 보듬고, 요리조리 렌즈로 세상에 초점을 맞추어, 조랑조랑 세상에게 말을 걸고 있다.

    책장을 넘기며 사진과 글을 보고 있노라면, 어느새 마음이 편해진다. 마음의 빗장을 열어, 뭐라 할 수 없는 토닥토닥 격려를 받아, 다시 담담하게 일상으로 돌아가게 해준다. 사진 속에 머무는 작가의 시선은 렌즈로 세상과 거리를 두면서도, 한마디 말로 세상을 따뜻하게 보살핀다.

    나는 오늘 이 책에서 사진으로 다시 태어난 문인화(文人畵)를 발견하였다. 치열한 삶 속에서 어눌한 듯 밝은 웃음으로 배어나온 마음의 초연함을 읽는다. 문인화처럼 마음의 세

속적인 먼지를 툴툴 털어낸 그림을 사진으로 본다. 문인화처럼 시와 그림이 하나로 어우러져 그려진 마음을 읽는다. 문인화처럼 글과 사진의 맑은 마음이 보는 사람들의 마음도 닦아준다.

명대 문인화가이자 이론가였던 동기창은 문인화란 '만권의 책을 읽고, 만리의 길을 가고(讀萬卷書, 行萬里路)나서 우러나는 예술이라고 했다. 최남수 선생님의 '사진 문인화'에 가장 어울리는 문구가 아닐까? 지금까지 읽었던 수없이 많은 책들의 지혜와 만리를 걸어온 삶의 경험을 녹여서 사진과 글로 '사진 문인화'라는 새로운 장르를 만들어 냈다.

책장을 넘기며, 우리는 그 따뜻한 시선과 이야기를 곁에서 듣는다. 덩달아 뚜벅뚜벅 걸으며, 따뜻하게 세상을 발견하며 행복해 진다.

성균관대학교 동아시아학술원 교수
클리블랜드미술관 한국일본미술큐레이터
선승혜

차례

삶

고난은 선용하면 사람을 성장시키는 불쏘시개이다.

전주 한옥마을 2013. 02. 17(일)

엄마

엄만 빨래줄 같아

왜?

맨 날 젖은 빨래만 걸려 있을 뿐

다 마르면 부리나케 떠나가는 자식들 뒤로

횅하니 빈 줄 흔들리고

엄만 황토길 같아

왜?

뛰고 구르고 넘어져도 푹신 거릴 뿐

어쩌다 생채기 나면

물기 잠시 배여 있다 손으로 훔치고

엄만 바닷가 바위 같아

왜?

파도로 부딪치는 아픔 다 받아줄 뿐

물기 남긴 채 세상 향해 나아가는

자식 등 밀어주기 바쁘고

난지 한강공원 2013. 04. 29(월)

성장의 불쏘시개,
고난

인생은 해가 뜰 때도 있고 해가 질 때나 비가 오는 날도 있다. 내리막길 일 때도 있지만 오르막길을 땀 흘리며 올라가야 할 때도 있다.

누구나 해가 뜨는 길이기를 바란다. 쉽고 편하게 앞으로 나아가니까. 그러나 그렇게만 간다고 생각해보자. 마음의 근육이 느슨해져 조금만 어려움에도 주저앉고 말 것이다. 역경에 대한 저항력을 키워 삶의 가치를 빛나게 하는 것은 비가 오는 내리막길이다. 오르막길에선 보지 못한 그늘이나 바닥에 내려와 삶을 낮은 데서 보는 겸손함도 배우고 어려움에 대한 내성을 키운다. 스스로를 숙성시키는 기간이다.

지난 400년 간 세계인에게 널리 읽힌 돈키호테의 저자 세르반테스는 사업실패와 해고 등을 겪고 난 다음 설상가상으로 작은 실수로 투옥된 53세에 창작욕을 불태워 돈키호테를 완성했다. 퇴계 이황 선생은 첫째와 둘째 부인을 저 세상으로 떠나보낸 데이어 둘째 아들까지 잃는 고난 속에서도 학문의 열정을 꺼트리지 않고 학자로서 큰 족적을 남겼다.

고난은 선용하면 사람을 성장시키는 불쏘시개이다.

동작대교 2013. 02. 02(토)

'에라 모르겠다' 정신

자전거를 타다 보면 펑크가 나기도 한다. 바람이 빠져 자전거 '피골'이 달라붙은 상태가 된다. 삶의 자전거도 항상 바람이 차있는 상태로는 굴러가지 않는다. 바람이 많이 빠져 축 처지거나 아예 펑크가 날 수도 있다. 바람이 빠지지 않기 위해, 펑크가 나지 않기 위해 마음의 근육을 잔뜩 수축시켜 아등바등하는 게 삶의 단면이다.

이럴 때 '에라 모르겠다!'란 마음을 먹어보면 어떨까. 무책임한 자세로 살 자는 얘기가 아니다. 마음에서 힘을 빼되 최선을 다하자는 얘기이다. 마음에서 힘을 뺀다는 말은 결과에 연연하지 않겠다는 다짐을 반복해서 해보는 상태를 얘기한다. 어려운 상황이나 문제에 직면하면 일단 최악의 상황을 상상해본다. 그런 다음 '에라 모르겠다!'는 마음을 먹으면서 그 최악의 상황조차 자신이 감당할 수 있다고 자기세뇌를 하려 노력한다. 그러면 마음에 힘이 많이 빠지게 되고 그 상태에서 해야 할 일들이 객관적으로 보이며 최선을 다하는 단계로 들어서기도 한다. 대책 없이 몸과 마음에 힘 잔뜩 주고 아등바등하는 것을 안 하려고 노력하려 한다. 물론 잘 안될 때도 있고 쉽지 않지만 반복하면 조금씩 나아지리라 믿는다.

고양시 농협대학교 2012. 12. 01(토)

버림의 미학

전 생애를 다 바쳐서 사람의 시각적 미에 봉사하는 단풍잎의 헌신. 온몸을 울긋불긋 도배해 가을을 밝힌 단풍은 가을이 저물 무렵이 되면 낙엽으로 땅을 덮어 가을 노을의 세계를 지상에 펼친다. 겨울엔 바싹 마른 몸으로 언 땅을 감싸 동토의 이불 역할을 하며 가을의 화석으로 감성의 불쏘시개 역할을 한다.

나무가 자기 몸을 낙엽으로 떨쳐내는 건 가을의 꼬리를 아름답게 만들어 주자고 하는 게 아니다. 추운 겨울을 나기 위해서는 에너지를 몸통에만 집중해야 하기 때문에 겨울에는 책임질 수 없는 잎새를 버리는 것이다. 버림의 미학이다.

맞다. 자꾸 버려야 마음의 몸통을 건강하게 지켜낼 수 있다. 낙엽과 다르게 마음의 욕심은 수시로 비워내더라도 그대로 두면 자꾸 차오른다. 삶 전체를 아름답고 멋지게 꾸며가기 위해 버림과 내려놓음이 일상화돼야 한다. 숙제다.

여의도 2013. 04. 27(토)

밧줄을 놓는 것도 한 방법

멀리서 거리를 두고 보면 멋진 야경의 벽지가 꾸민 세상. 안을 들여다보면 온 갖 복잡다단한 일들이 벌어지고 있다. 즐거운 일도 많지만 여기저기에 다툼의 소리 또한 만만치 않다. 다툼의 줄다리기에서 우리는 더 센 힘으로 상대의 균형을 무너뜨려 이기도록 교육을 받아왔다. 눈에 보이는 승리를 거머쥐라는 것이다.

하지만 다툼의 줄다리기에서 먼저 손을 놓아버리는 것도 이기는 방법이 아닐까. 겉으로 진 것 같아 보이지만 실제로는 보이지 않는 승리를 하는 것 말이다. 진흙탕 다툼의 수렁으로 빨려 들어가느니 'You win(당신이 이겼다)' 하고 선언하고 그 현장을 빠져나와 버리는 일. 정말 어렵지만 눈에 보이지 않는 승리를 하면서 자신을 지키는 역발상의 방법일 것이다.

일상에서 아직도 어리석은 다툼의 현장에 발을 수시로 담그곤 하지만 자꾸 생각을 뒤집어 발을 빼는 연습을 계속 해나가자. 언젠가는 숙련될 것이라 믿으며.

남산타워 2012. 09. 21(금)

왜 일하는가?

서울시 야경이다. 많은 사람들이 일을 하고 살아간다. 우리는 왜 일할까? 너무 상식적이고 뻔한 질문일까? 누구나 생활인이기 때문에 일차적으로 돈을 벌기 위해 일한다. 그런데 일하는 것의 목적이 돈만이라고 한다면 인생이 허전하고 허망해진다. 돈을 벌기 위해 일하지만 일이 자아실현의 터전이 돼야 일의 의미가 바로 세워지는 것이다. 그래서 돈을 조금 덜 벌더라도 자기가 좋아하는 일을 하라는 조언이 많다.

좋아하는 일을 하면서 돈을 버는 것이 최선이라는 것을 누구나 안다. 하지만 요즘처럼 일자리 구하기가 힘들고 그나마 있는 일자리도 지키기 힘든 세상에서 찬 밥 더운 밥 가리는 것은 현실적으로 불가능하다. 좋아하는 일이 아니더라도 그 일을 해나가는 게 불가피한 경우가 많다.

그러면 일에 어떤 자세를 가질 것인가? 필자는 '경영의 신'으로 불리는 일본의 이나모리 가즈라 교세라 명예회장이 저서 '왜 일하는가?'에서 한 말을 마음에 새기고 있다.

27세 때 맨손으로 사업에 뛰어들어 전자부품기업인 교세라를 글로벌 초일류 기업으로 키운 이나모리 가즈오는 "먹고 살기 위해서가 아니라 인격 수양을 위해서 일했다"고 말한다. 어느 경영학 서적에도 나오지 않는 성공한 기업인의 일에 대한 뜻 깊은 철학이다. 매일 매일 많은 문제들에 직면하는 일터에서 결점 투성이인 인격을 조금씩 닦아나간다고 생각한다면 일에 중요한 가치를 부여할 수 있을 듯하다.

한강변 2013. 04. 28(일)

지위는 옷, 나는 옷걸이!

자신을 들여다보는 성찰의 기회를 자주 가져야 현상에 속지 않는다. 착각에 가장 잘 빠지게 하는 것은 지위이다. 지위가 주는 착시를 깨닫게 하기 위해 자주 인용되는 글이 있다.

세탁소에 갓 들어온 새 옷걸이한테 헌 옷걸이가 한마디 했다.
"너는 옷걸이라는 사실을 한시라도 잊지 말길 바란다."
"왜 옷걸이라는 것을 그렇게 강조하시는지요?"
"잠깐씩 입혀지는 옷이 자기 신분인 양 교만해지는 옷걸이들을 그동안 많이 보았기 때문이다."
ㅡ정채봉, 『처음의 마음으로 돌아가라』ㅡ

언론사 편집국장까지 지낸 분이 나중에라도 일과 무관하게 연락할 수 있는 사람을 챙겨보니 채 10명이 안되었다고 한다. 이해관계로 쌓아진 관계라는 게 얼마나 사상누각인지 잘 보여주는 얘기이다. 그래서 어떤 자리가 곧 자신이라고 착각해서는 안된다. 자신은 옷걸이에 불과할 뿐이다. 옷이 벗겨지면 앙상한 뼈대만 남는 옷걸이 말이다.

서울시 동부이촌동 2013. 02. 02(토)

터널의 재발견

다들 들어오면
나갈 생각뿐
어둠의 길로 밀치고
터널 끝에만 빛이 있다 핀잔한다

그런가

숨차게 넘어가야 할 산을
저 멀리 돌아가야 할 길을
바람처럼 뚫고 가는 길인데

다 보이지만 안 보이는 바깥 보다
안 보이지만 날 들쳐보는
숙성의 장독인데...

어려운 상황에 빠지면 인생의 터널에 들어와 있다고 표현한다. 터널 끝이 얼마 안 남았다고 얘기한다. 터널은 항상 그렇게 힘들고 어려운 어두컴컴한 곳인가. 따지고 보면 터널로선 억울한 일이다. 터널은 어떤 곳인가. 멀리 돌아가야 할 길을 직진하게 해주는 지름길이다. 살면서 겪어가는 어려움 속에서도 시간을 오래 들여야 알 수 있는 교훈을 고통과 고난의 압축 과정을 통해 빨리 깨닫게 해주는 양약일 수도 있다. 더구나 우리는 인생의 터널에서 자신을 집중적으로 돌아보는 소중한 시간을 가질 수 있다. 거칠었던 자신의 모난 부분을 갈아서 좀 더 숙성된 모습으로 변신시키는 계기로 삼을 수 있는 것이다. 삶은 쉽든 어렵든 어떤 순간도 버릴 게 없다. 지금 터널에 있다면 벗어나려고만 하지 말고 잘 참아내면서 우직하게 앞으로 나아가자. 터널을 빠져나온 성숙의 연기는 하늘을, 해를, 달을 바라보게 될 것이다. 좀 더 큰 자신이 기다리고 있을 것이라고 믿는다.

인천국제공항 2013. 03. 01(금)

도전하면 다 수습된다.

한 번뿐인 삶. 이륙하고, 날고, 도전하자. 탐욕이 아닌 자족을 엔진으로 삼되 세상과 자연, 그리고 삶을 더 이해하고 즐기기 위해 도전의 발걸음을 멈추지 말자.

이런 저런 이유로 신문기자에서 방송기자로 전직도 해보고, 일반 기업에서 일도 해보고, 이 과정에서 새로 문을 여는 회사에서 여러 번 일해봤다. 다양한 분야의 경험을 해봤다. 나이 39살에 회사의 경영난이 심각해져 반년 동안 월급을 한 푼도 못 받던 상황에서 주저앉기보다 늦깎이 유학을 선택했다. 41살에 유학생활을 계속하기 위해 회사를 그만 두기도 했다. 여러 번 도전한 축에 끼인다. 중간에는 불안하기도 했다.

하지만 뒤돌아보면 얻은 게 더 많다. 도전 그 자체가 즐거웠고 다양한 분야를 경험했다. 성경에 '모든 것이 협력하여 선을 이룬다' 는 구절이 나오는 데 모자이크처럼 조각조각 떨어진 것처럼 보였던 이 경험들이 이제는 한 데 합쳐져 나름대로 경험과 지식의 '진액' 을 떨어뜨려 주는 것 같다.

도전하자. 일을 벌이면 결국은 다 수습된다. 그만큼 멀리 온 것만 남는다.

여의도 샛강공원 2013. 04. 27(토)

마침내 건너가게 된다!

'오르내림이 있고 이리 저리 꼬부랑길을 왔다갔다 해도 결국은 건너가게 돼있다.' 포기하지 않는 한 막힌 게 있으면 뚫린다. 대로가 나타난다고는 장담 못하지만 좁은 길이라도 길이 열린다. 나름대로 어려운 고비가 많았다. 힘들고 아팠지만 주저앉지 않고 바로 눈앞만 뚫고 나가려했더니 새 길이 보였다. 관계의 문제로 오랜 기간 심적 고통에 시달려야 하기도 했고, 해외에서 언어문제로 심각한 위기를 맞기도 했지만 결국 극복했다.

해외 유학 시절인 2000년에 미국 대학 학부의 경제학 개론 Teaching Assistant(조교)로 매주 두 시간씩 벽안의 미국 대학생들을 가르쳐야 했다. 학비도 면제되고 가족들 의료보험도 제공되는 혜택이 있어 무조건 해내야 하는 숙제였다. 하지만 첫 시간부터 문제였다. 미국 학생들이 필자의 짧은 영어를 알아듣지 못하겠다고 대학 당국에 문제제기를 했다. 그 다음 시간부터 대학본부의 감독관이 아예 교실 뒤에 터를 잡고 앉았다. 위기였다. 외국어로 공부하기도 힘든 판에 외국인, 그것도 대학생들을 그들의 언어로 가르친다는 게 죽을 맛인데 첫 시간부터 수렁에 빠진 것이었다. 거기서 주저앉을 수는 없었다. 그 다음 시간부터는 말하는 대부분을 화이트보드에 다 적었다. 발음 문제에서 오는 학생들의 불편이나 오해를 없애주기 위해서였다. 그리고 학생들에게 최대한 마음을 열고 성심성의껏 대했다. 하나라도 더 가르쳐주기 위해 노력했고 이메일로 질문이 들어오면 대부분 10분 안에 답을 다 해줬다. 그렇게 한학기가 흘렀다. 종강 후 학생들로부터 "많이 배웠다", "처음엔 불편했는데 훌륭한 선생이었다"는 이메일을 받고 뭉클했다. 조교 가운데 강의 평가도 상위권에 들었다. 초기에 강한 압박감과 스트레스가 의외의 좋은 결과를 가져다준 것이다. 힘든 상황이 간혹 와도 그때의 일을 생각하며 스스로를 다독인다. '길을 결국 열린다. 마침내 건너가게 된다'

난지 한강공원 2012. 10. 13(토)

불안감은 어디서 오나

주말이면 시간이 되는 대로 산이든 강이든 바깥으로 나가 사색과 성찰의 시간을 가져 보자. 한 주 동안 부산했던 마음의 먼지를 가라앉히고, 스트레스를 털어 버리기에 효과적인 방법이다.

일상을 살아가면서 가장 떨치기 어려운 감정이 불안감이다. 지난 시간의 일들에 대해 느끼는 감정은 대부분이 후회이다. 하지만 아직 오지 않은 미래에 대해 갖게 되는 부정적 감정은 불안감이다. 안 좋은 일이 생길까봐, 원하는 것을 얻지 못하고 주저 앉을까봐 걱정을 하면서 마음에 번져가는 느낌이 불안감이다.

일상의 철학자 알랭 드 보통이 그의 저서 '불안' 에서 진단한 내용이다. "우리는 적은 것을 기대하면 적은 것으로도 행복할 수 있다. 반면 모든 것을 기대하도록 학습을 받으면 많은 것을 가지고도 비참할 수 있다." 결국 기대와 욕심의 수위가 불안감의 수위를 결정한다는 말이다.

치열한 삶의 현장에서 어쩔 수 없이 살아가는데 어떻게 욕심의 수위를 낮출 수 있겠느냐는 질문도 타당하다. 하지만 중요한 것은 소중하게 주어진 길지 않은 인생은 불행하게 살기엔 너무 아깝다는 것이다. 자꾸 비워도 차오르는 욕심의 수위를 낮추고, 구태여 남과 비교하며 스스로 불행하게 하는 덫에 빠지지 말고 자존감을 높이는 선택을 해보자. 사는 동안 내내 바라보고 가야 할 깃발이다.

비용으로 풀어본 삶

삶이라는 마당에 하루하루 벽돌을 쌓아가며 살아간다. 희미하게 보이는 과거에 쌓은 벽돌들을 바라볼 때는 '매몰비용'을, 현재를 볼 때는 '기회비용'에 대해 생각해본다.

먼저 지난 시간을 되돌아보면 좋은 일도 많았지만 크고 작은 실수와 잘못들이 적지 않았다. 가슴 아프게 후회되는 일도 많다. 문제는 지난 과거를 흘려보내지 못하고 아파하느라 발목이 잡혀 있는 경우이다. 아무리 뼈저리게 안타까워해도 과거의 벽돌 하나조차 바꿀 수가 없다. 깊게 반성하되 이미 발생해버려 어쩔 수 없는 비용, 즉 매몰비용으로 훌훌 털어버리는 지혜가 필요하다고 본다. 과거를 보내줘야 하는 것이다.

대신 '카르페 디엠' - 현재에 집중하며 열심히 살아가자 - 현재를 살면서 우리는 수많은 선택을 한다. 공부를 할지 놀지 영화를 볼지 쇼핑을 할지… 한 가지를 선택하는 순간 다른 일을 포기하게 되는 데 이 때 그 포기한 것의 가치만큼 기회비용이 생기는 것이다. 뭘 하든 그 이면에는 그것 때문에 하지 못한 다른 것, 즉 기회비용이 발생한다. 이것을 염두에 두면 하나하나 선택을 신중하고 지혜롭게 하는 게 중요하다.

피곤한 '남 따라하기'

선유도 2013. 04. 27(토)

경쟁, 경주를 피할 수는 없다. 경쟁을 통해 새로운 발견들이 생겨나고 사회가 한 걸음씩 앞으로 나아갈 수 있게 되기 때문이다. 하지만 경쟁과 행복의 조화, 그리고 경쟁과 개성의 조화가 필요하다.

우리 사회는 과도한 경쟁의식 탓으로 타인을 의식하고 남을 따라하기가 지나치게 심한 편이다. 너도 나도 명품 대열에 뛰어들고 어느 정도 위치면 아파트는 몇 평, 차는 어떤 종류 같은 획일화된 잣대가 생겨버린다. 자신만의 차별성이 강조되는 사회인데도 몰개성의 체면 문화가 뿌리를 깊게 내리고 있다.

미국 체류시절 그들에게 배운 것 중의 하나는 남을 그다지 의식하지 않는 독립적 개성이었다. 자신의 독자적 결정을 중시하는 문화여서 타인의 시선을 의식하지 않는다. 교수가 운동화 반바지 차림에 강의하러 오고 학생은 뒤로 몸을 제키고 사과를 먹으며 강의를 듣고. 우리 기준으로 보면 당황스런 일들이 벌어진다. 옆집이 무슨 차를 몰든 무슨 옷을 입든 각자 제 갈 길을 가는 게 그들의 삶이다.

경쟁의 피로도를 낮추기 위해서도 남 의식, 남 따라하기의 힘든 문화는 하루 빨리 고쳐져야 한다.

거울이 사라진 시대

땅과 물이 접히는 경계. 그곳에 서면 물은 땅위를 그대로 비추는 거울이다. 땅 위가 그대로 물에 복사된 이런 아름다운 경치는 물결이 잔잔한 호수가 주는 선물이다.

맞은 편 사물을 비춰주는 거울은 어릴 적에는 생활의 중요한 일부였다. 장롱 자체에 큰 거울이 붙어 있기도 했고 큰 거울을 벽에 걸어두는 가정이 많았다. 어떤 집이 이사를 가게 되면 거울은 선물리스트에 들곤했다.

이제 거울은 안방에서 화장실로 밀려났다. 자신을 수시로 응시하는 게 아니라 샤워한 후 잠시 쳐다보는 정도로 그 위상이 떨어졌다. 그만큼 자신을 비춰보기가 부담스러운 시대인지도 모르겠다.

거울이 두 눈 크게 뜨고
안방 쳐다보던 시절
마음이 거울 속 들어가
서로를 들여다보던 때

마주보는 가슴
감출 게 없었다.

사과 훔친 아담과 이브처럼
부끄러움 알게 된 때

거울은 안방에서
화장실로 강제이주를 당했다.

감출게 많아져
가슴대신 등이 마주 본다.

삶의 일출과 일몰

왼쪽 사진은 한강 위로 솟아오르는 해돋이 장면이다. 오른쪽 사진은 강화도 동막 해수욕장에서 찍은 아름다운 일몰이다. 개인적으론 너무 자신 있게 솟아오르는 일출보다는 겸손하게 다 태우고 들어가는 일몰이 더 좋다. 일출과 일몰, 자세히 들여다보면 큰 차이가 드러난다. 먼저 해돋이를 보자. 위부터 서서히 밝히면서 세상에 빛의 세례를 시작한다. 일몰 때 차오

르는 어둠은 정반대이다. 낮을 덮을 어둠의 담요는 바닥부터 밀려오기 시작한다. 어떤 교훈을 줄까. 맑고 밝은 마음은 위에서부터 스며들기 시작한다. 어두운 욕심과 탐심은 아래에서부터 차오른다. 인생의 여정은 몸과 마음에서의 일출과 일몰의 싸움, 힘겨루기인 듯하다. 야누스의 얼굴처럼 상반된 두 가지의 속성을 가졌지만 결국은 밝음을 향해 앞으로 조금씩 나아가는 게 삶이었으면 하는 소망을 키운다.

작은

것이

주는

행복의

구슬들

여의도 중심도로와 그 길가의 한 건물. 맞은 편 건물에 들어가 있다가 도로의 모습이 그 건물 유리창에 비추는 것을 목격하고 도로와 건물의 유리창 벽을 동시에 프레임에 넣어 촬영을 했다.

이 사진에는 관심과 선택이라는 의미가 숨겨져 있다. 첫째는 일상에서 무심코 넘겨버릴 수 있는 것들에 대한 관심이다. 유리창에 도로 모습이 비추인 게 뭐 대수로운 일이겠는가. 하지만 그 작은 현상에 관심을 가지면 그 자체가 신기한 모습이고 다른 데서 보기 쉽지 않은 현상이라는 점을 알 수 있다.

모든 예술과 혁신은 작은 것에 대한 관심에서 시작되지 않던가. 유명 디자이너인 이노디자인의 김영세 대표는 작은 것에 대한 호기심, 관심과 관찰력을 강조한다. 그의 말이다. "길거리 커피숍에 앉아서 밖을 내다보다가 앞에 지나가는 참 멋진 여성이 참 안 예쁜 MP3 플레이어 목걸이를 걸고 다니더라구요. 그래서 상상을 해봤죠. 저 여성이 내가 디자인한, 목걸이처럼 아름다운 MP3 플레이어 목걸이를 걸고 다니면 얼마나 멋질까" 김대표 커피를 마시다 말고 바로 냅킨에 디자인을 했고 이렇게 해서 나온 제품이 목걸이형 MP3 플레이어였다.

이렇게 작은 데 관심을 가지다보면 세상엔 신기하고 즐거운 일로 가득하다. 그런 일이 눈에 포착되면 가지고 있는 스마트폰으로라도 사진을 찍어보자. 이런 작은 행복들로 인생을 그려나간다면 그게 괜찮은 삶 아닐까!

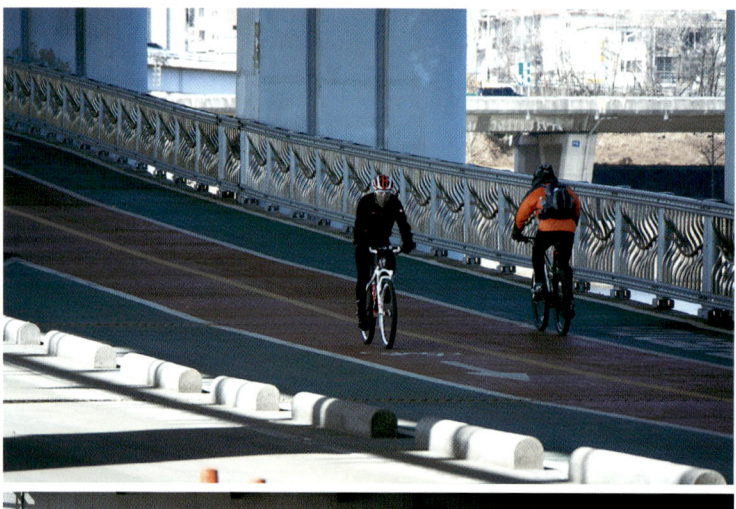

자전거

삶의 무게가

페달을 밟는다.

스치는 바람에

깎여나간다.

달린 거리만큼

내려놓는다.

무겁게 탔으나

가볍게 내리는 이륜의 마법

반포대교 2013. 03. 03(일)

'자전거는 두 손을 떼고 타지 말 것, 밤에는 꼭 앞에 등불을 달 것.' 1918년에 나온 조선의 자전거 운행 규칙이다. 우리나라에는 '개화차'라는 이름으로 1800년대 말에 들어온 자전거. 지금은 워낙 많은 사람들이 즐기는 레저스포츠가 되고 있다. 특히 전국 어디에나 자전거 길이 곳곳에 만들어져 있으니 이젠 자전거를 즐기기엔 안성맞춤인 시대다.

자전거 라이딩을 시작한 지 일년이 넘었다. 건강관리에도 좋고 마인트 컨트롤에도 좋은 간편한 운동이다. 한강에서 한두 시간 정도 자전거를 타고 나면 '행복하다'는 말이 절로 나온다. 무거웠던 마음을 다 비우고 경쾌하게 돌아갈 수 있도록 선물을 준다. 사진 촬영이 취미라면 중간 중간 아름다운 풍경을 담을 수 있으니 금상첨화이다. 몸과 마음을 튼튼하게 할 수 있는 자전거 라이딩 추천한다.

미사리 조정경기장 2012. 02. 16(토)

"사진은 시를 읽는 행위다"

스마트 폰이 나오기 전에만 해도 사진은 고가의 사진기를 구매해야만 할 수 있는 고급취미로나 여겨졌다. 하지만 성능이 좋은 카메라 기능이 장착된 스마트 폰이 일반화되면서 상황이 달라졌다. 누구나 어디에서든지 자신이 선택한 피사체를 찍고 바로 그 자리에서 본 다음 다른 사람들하고 공유하는 게 가능해졌다.

필자 또한 스마트 폰의 도움으로 사진 세계에 발을 들여놓았다. 지금까지 해본 취미 중 가장 재미가 있어 흠뻑 몰입하고 있다. 그러던 차에 카메라의 좀 더 우수한 기능까지 활용하고 싶어 미러리스 카메라까지 하나 장만했다.

사진은 있는 그대로라기 보다는 관점에 의한 가공 예술이라고 부를 수 있을 것 같다. 찍을 피사체를 선택한 다음 촬영 대상 영역과 구도를 정하는 데 촬영자의 관점이 들어가기 때문이다. 관점을 녹여 넣을 수 있다는 게 사진이 주는 가장 큰 재미이다.

보도사진의 선구자 마크 리부는 "아름다운 풍경을 바라보고 사진에 담는 것은 시를 읽거나 음악을 감상하는 것과 비슷하다. 이러한 행위는 삶을 풍요롭게 한다" 풍요로운 삶을 원하는 가. 사진을 권한다.

여의도 2013. 04. 27(토)

매일 매일이 새로운 날

필자의 직장이 있는 여의도 지역에서 보는 일몰의 멋진 모습이다. 하루 종일 온몸을 태우다 하늘에 아름다운 풍경 한 번 그려놓고 가는 일몰이 아련하고 멋지다. 오렌지색으로 주변을 물들이며 지는 날이 있는가하면 옅은 안개옷이나 구름옷입고 몽환적인 분위기를 연출하는 날도 있다. 같은 해가 비슷한 시각에 같은 쪽으로 지는 데도 매일 매일이 다른 표정이다.

마찬가지이다. 같은 24시간 하루이더라도 매일 매일이 다른 날이다. 같은 일상의 연속이라고 지루해하기도 하고 다람쥐 쳇바퀴 돌 듯 도는 인생이라고 생각하기도 한다. 하지만 마음 먹기에 따라, 무엇을 할지의 선택에 따라 하루가 그렇고 그런 날의 연속일 수도 있고 어제와 다른 새로운 날이 될 수도 있다. '오늘은 죽어가는 다른 이가 그토록 살고 싶어 한 날' 이라는 말이 있다. 이 말을 기억한다면 매일 주어지는 하루가 '반복' 이 아니라 '새 날' 이 될 수 있는 것이다. 하루하루 소중하게, 그리고 새롭게 살아가자고 다짐해본다.

삶

미완성의 여정

어디로 갈까? 마음먹고 잘 해보려 해도 또 실수하고 또 넘어진다. 우린 그럴 때 또 좌절하고 아파한다. 하지만 완전한 사람이 어디 있겠는가. 넘어지고 또 일어서는 것을 되풀이하면서 앞으로 나아가는 게 삶이다. 다시 실수했어도 마음을 다시 먹으면 그 때부터 또 새로운 삶이다.

인생은 완성을 지향하지만 결국은 미완성의 종점에서 끝나게 될 여정이다. 발을 땅에 짚은 그 한계 속에서도 '하늘의 완성'을 바라보는 시선을 거두지 않는 게 아름다운 것 아닐까?

인천 동막해수욕장 2013. 02. 23(토)

57

여의도 공원 2013. 04. 27(토)

삶

실제 나이테는 마음에 새겨진다

가지가 잘린 나무. 잘린 그 단면에는 나이테가 보인다. 성장사를 담은 기록이다. 대부분의 나무에는 나이테가 있다. 그런데 나이테가 없는 나무가 있다. 대나무이다. 시인 박성우는 '대나무는 나이테가 없다'는 시에서 '대나무는 나이를 세지 않는다'고 노래한다.

나이테가 있든 없든 나이는 출생이후 흘러온 세월의 길이만을 얘기해줄 뿐이다. 맞는 말이다. 한 기업인은 "나이는 숫자에 불과하다"고 말한다. 공감하는 말이다. 숫자의 크기가 젊음과 노쇠함을 말해주는 게 아니다. 실제 나이를 말해주는 것은 마음의 나이테이다.

나이에 대해서는 유대교 랍비이자 시인인 사무엘 울만이 '청춘'이란 시에서 명확하게 진단을 내리고 있다. 이 시 중 가장 공감이 가는 구절이다.

영감이 끊어져 정신이 싸늘한 냉소의 눈에 덮히고
비탄의 얼음에 갇힐 때
스물이라도 인간은 늙는다.
머리를 높이 쳐들고 희망의 물결을 붙잡는 한
여든이라도 인간은 청춘으로 남는다.

봄은 기적이다

꽁꽁 얼어 말라 비틀어진 몸
꽃망울은 그 죽음에서
이 악물고 탈옥한다.
기적이다.
우린 하루 밤 추위라도 건너갈 수 있겠는가.

삶의 호흡 깊게 묻힌 동토
새순은 그 껍질에 구멍 내
치열하게 깃발 들어 올린다.
기적이다.
우린 그 깊은 잠조차 눈뜰 수 있겠는가.

소리마저 메말라 버린 사막
물길은 스스로 숨골 열어
옹골지게 물줄기 토해낸다.
기적이다.
우린 달아오른 갈증이나마 견딜 수 있겠는가.

무심코 그러려니 넘긴 곳
하늘의 신비 숨어있다.
눈 감고 마음 열어야
보이는 그 곳.

우리가 너무 당연하다고 생각하고 무심코 넘기는 곳에 기적이 있다. 겨우내 매서운 추위 속에서 앙상하게 말라가는 나무를 보자. 우리 같으면 어디 며칠 밤이나 견딜 수 있을까. 꽁꽁 얼어 숨결이 끊기고 흔적도 없이 사라져 버릴 것이다. 그런데 그 혹독한 겨울을 견디고도 새순과 꽃망울을 밀어 올리는 나무의 부활은 정말 통쾌한 기적이다. 어김없이 봄이 되면 생명으로 소생하는 그 힘, 놀라운 것이다. 주변에 흔히 보는 현상에 하늘의 섭리가 들어 있다.

겨울이 품안에 꼭 껴안고 있다가
봄을 낳았다.
봄 앞에서
뒤돌아서 겨울에
경의를 표한다.

목련

깊은 겨울의 침묵 지나고도

꽃망울로 입 오래 다물더니

짧게 한 번 툭 하고

터트린다.

활짝…

많은 말 말고

한 번의 환한 미소

따뜻한 눈길이다.

서울고등학교 교정 2013. 04. 27(토)

시시콜콜 다 표현하고 이것저것 다

따져보는 '산문적 대화'도 좋지만

크게 생략하고 가치 있는 의미 담

아 짧게 축약어로 던지는 '시적 대

화'도 소중하다. 산문과 시어가 조

화와 균형을 이루는 삶을 살아가고

싶다.

나무가

꽃보다

아름답다

여의도 공원 2013. 04. 29(월)

겉으로 드러나는 현상이 눈에 제일 먼저 보이니 현상에 익숙해지고 사로잡히기 쉽다. 그 현상 뒤에 있는 본질을 보는 건 '보는 눈'이 좀 필요하다. 생각과 성찰, 연습이 있어야 한다.

일 년 중 봄, 여름, 가을 내내 우리 곁에 있는 꽃. 아름답고 화사하다. 눈은 물론 마음도 팔린다. 그러다 보니 현상인 꽃만 좋아하게 된다. 꽃을 피어올리는 건 일년은 준비한 나무의 헌신의 결과이니 결국 나무가 아름다운 것이다. 나무가 현상인 꽃을 지탱하는 본질인 것이다. 실제로 뼈대만 앙상하게 남은 겨울나무를 음미해봐라. 제 각각 표정과 모습을 가진 '진국의 삶'이 녹아있다. 바람을 몸에 두르고도, 내리는 눈에 앉을 자리를 내주고도, 자신이 조연으로

밀릴 줄 알면서도 꽃을 밀어내는 은근과 끈기의 아름다움이 나무에게 있다.

수필가인 고 장영희 교수가 나무에 대한 남긴 글이다.

"때로는 나무가 꽃보다 더 아름답다고 생각해본다. 화려하지 않지만 자기가 서야 할 자리에서 묵묵히 풍파를 견디어 내는 인고의 세월이, 향기롭지 않지만 두 팔 높이 들이 기도하며 세상을 사랑으로 껴안느 겸허함이 아름답다. 하늘과 땅을 연결하고 달이 걸리고 해가 뜨는 나무는, 신만이 지을 수 있는 아름다운 시(詩)다."

선유도 공원 2013. 04. 27(토)

결연한 자작나무

서울 한강변 선유도에 가서 찍은 자작나무이다. 불에 태울 때 자작자작 소리가 난다고 해서 이름이 붙여졌다고 한다. 나무껍질은 흰 색이고 종이처럼 옆으로 얇게 벗겨지는 게 특징이다.

깊은 산에서 자라는 자작나무. 거센 바람과 추위에 맞서며 얼굴은 창백해지고 여기저기 세월의 흔적인 옹이와 상처투성이다. 하지만 한 치의 굽힘도 없이 하늘 향해 위로만 곧게 자란다. 자신을 태울 때의 소리로 자신의 이름을 지은 결연한 나무이다.

미사리 조정경기장 2013. 02. 16(토)

겨울나무

이파리 무성했던 가을엔 몰랐다.
겨울 나무 제각각인 표정들

듬직하게 굵은 줄기 뻗어 올리기도 하고
가는 가지만 볼 품 없이 휑하기도 한

곧게 하늘만 쳐다보기도 하고
한 눈 팔다 옆길로 새버리기도 한

끝끝내 한 두 잎새 지켜내기도 하고
다 내주고 칼바람에 싹둑 잘려있기도 한

가을 겉옷 없어지니
알 몸 드러낸 나무들

가려진 날 바라보며
부끄러워
나무들 눈길 얼른 피해버렸다.

겨울 들판에 나가 보자. 잎새가 무성할 땐 비슷비슷하게 보이던 나무들이 몸통, 근육, 몸짓, 표정, 소리가 다 다르다. 몸을 가린 잎새가 사라지니 참 모습이 다 드러난다. 잎새가 덮었을 때나 졌을 때나 한결 같은 모습이 있는가 하면 잎새는 풍성했지만 다 버리니 왜소하기 짝이 없는 모습도 눈에 띈다. 외모, 말, 장식 등으로 가려진 내 실제 모습은 어떨까?

주저하는 봄

갑자기 거칠게 들이닥치는

겨울과 다르게

봄은 참

조. 심. 스. 럽. 게.

다가온다.

따뜻한 건

원래 그런가보다.

내미는 손이

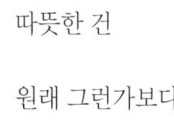

멈칫멈칫하다.

이화여자대학교 2013. 04. 27(토)

계절도 속도 차이가 크게 난다. 옷깃 여밀 틈을 그다지 많이 주지 않고 겨울은 들어 닥친다. 길거리에 낙엽이 날리는가 싶으면 어느새 입김 콧김을 내보내야 하는 한기가 휘감는다. 봄은 어떤가. 올 듯 말 듯 애태우게 하는 여인의 마음과 같다. 좀 한기가 가시는가하면 다시 찬 기운이 돈다. 새 순과 꽃망울이 보이지만 봄의 키가 부쩍 자라기까지는 시간이 걸린다. 따뜻한 것의 속성이 그런가보다. 상대방의 마음을 몰라 조마조마 애태우며 천천히 다가서는 사랑의 시작은 얼마나 조심스러운가.

당산철교 2013. 04. 27(토)

새는 먼저 눈 떠 해가 달릴 길 열어 놓는다.

새 한 마리, 하루를 충전하기 위해 살갗을 햇빛에 내놓는다.

겨울의 황폐함이 비운 자리. 봄의
화사함이 차오르더니 이젠 초록
이 비오듯 쏟아진다. 뜨겁게 녹인
다음 싱싱함으로 덧입힌다.

빛

시간의 때가 타면 태울 게 많아진다.

삶의 충전은 연소에서부터 시작된다.

빛이 강을 건너왔다. 발자국이 발갛게 달아올랐다.

밤이 되자 텅빈 '새의 전용도로'. 이제 가로등이 이륙을 시작한다.

자유의지로 빛 따라가기

같은 꿈을 반복적으로 꾸는 경우가 있다. 어두컴컴한 길을 가는 데 위에서 헬기가 강렬한 빛을 쏘아 내린다. 그 빛만 따라가면 안전하다. 그 빛 밖은 칠흑같은 어둠이어서 어떤 위험이 도사리고 있을지 모른다. 그 빛은 안전한 곳을 찾아서 비추다보니 좌우로 왔다 갔다 한다. 그래서 그 빛을 따라가는 것은 선택과 노력이 필요하다.

삶을 상징적으로 보여준 꿈같다. 눈에 보이지는 않지만 곳곳에 위험이 있다. 자칫 실족하거나 넘어질 수 있다. 안전한 길은 내가 가진 '믿음의 가치' 가 비춰주는 빛을 잘 따라가는 것이다. 문제는 이게 강요된 게 아니고 로봇처럼 기계적으로 주입된 명령이 아니라는 것이다. 스스로의 자유의시로 신댁해야 하는 길이다. 그러다보니 그 위험의 유혹에 걸려 수시로 넘어지고 실족하고 그런다. 하지만 삶의 진정한 가치는 그럼에도 불구하고 다시 일어나 빛을 따라가는 그 의지적 선택에 있다고 믿는다.

여의도 공원 2013. 04. 27(토)

마중물 꽃

꽃 앞에 서면

가슴이 빗장을 연다.

내 마음도 꽃이기 때문이다.

잎새 새겨진 미소

잠자던 마음 꽃 깨우기 때문이다.

분주함에 저 밑으로 밀려가던 푸릇함

마중물로 길어 올리기 때문이다.

영혼의 화가, 태양의 화가로 불리는 네덜란드의 인상파 화가 반 고흐는 37년이라는 짧은 삶 동안 지독한 가난과 고독, 그리고 병마에도 불구하고 불꽃같은 정열로 9백점에 가까운 작품을 남겼다. 겨울을 이겨낸 꽃의 기적이다. 그의 그림 앞에 서면 마음의 빗장이 열린다.

꽃 앞에 서면

겨울 이겨낸 기적이 고맙다.

반포대교 2013. 02. 09(토)

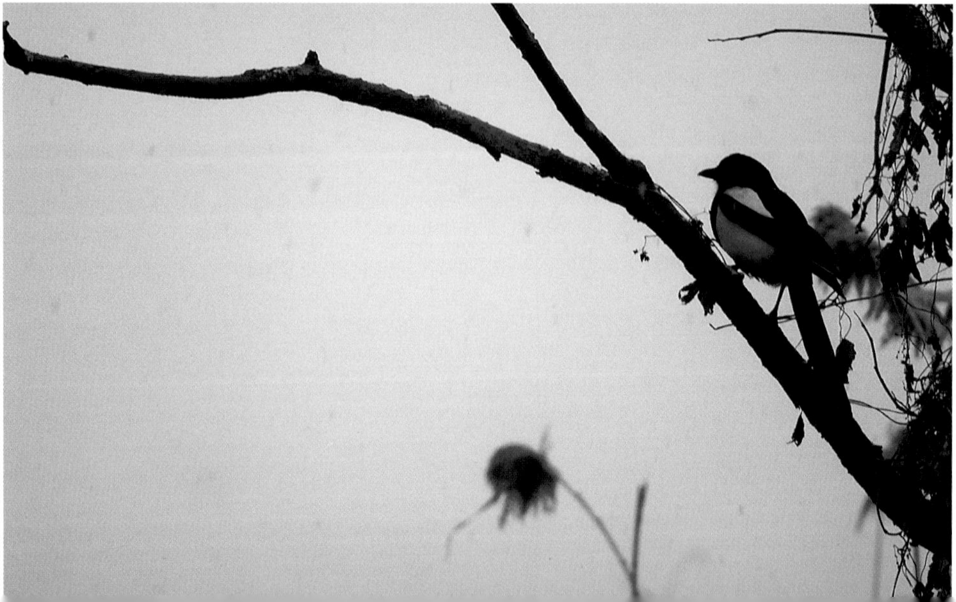

여의도 샛강공원 2013. 02. 03(일)

새에게서
인생의 길을 보다

다른 사람에 비해 새하고 인연이 되는 편인가 보다. 출사를 나가게 되면 새를 자주 만나게 되고 괜찮은 구도의 사진을 자주 찍는 편이다. 사진을 찍기 시작하면서 새에 대한 관심이 커졌다. 힘찬 날개 짓, 바람에 몸을 맡긴 멋진 유영, 편대를 지어 일사불란하게 나는 비행. 운치 있고 멋을 아는 동물이다.

큰 새일수록 날개 짓이 큼지막하고 작은 새는 바쁘게 움직이기 그지없다. 바쁘기만 하다면 작은 일에 붙잡혀 있는 것이 아닌지 짚어볼 일이다. 빠르게 나는 새는 사선으로 급상승하는 게 아니라 한두 번 밑으로 내려갔다가 솟구치는 힘으로 가속을 붙여 앞으로 빠르게 나아간다. 삶도 마찬가지 아닐까. 가끔 하강을 하면서 단단하게 다져야 상승 곡선을 탈 수 있는 것이다. 바람에 맡기고 가볍게 유영하는 새는 날개를 죽 펴고 있을 뿐 날개 짓을 하지 않는다. 몸과 마음에 힘을 빼고 잠시 멈춰야 삶도 가볍게 날 수 있다.

독수리가 밑으로 내려오면 까마귀들이 다가와 성가시게 구는 경우가 있다고 한다. 이 때 독수리는 어떻게 할까. 까마귀들이 따라올 수 없는 높이로 날아 올라가 버린다고 한다. 복잡한 현실로 고단할 때 생각의 높이를 높여보는 것도 방법일 듯하다.

'낯섬의 미학' 담쟁이

저것은 벽
어쩔 수 없는 벽이라고 우리가 느낄 때
그때
담쟁이는 말없이 그 벽을 오른다

도종환 시인의 시 '담쟁이'의 첫 구절이다.

대부분 나무는 한 번 터를 잡은 익숙한 곳에서 키를 키워간다. 사진에 담긴 담쟁이는 다르다. 한 곳에 머물지 않고 그곳이 어떤 곳이든 다 함께 이동해간다. 낯선 곳을 가리지 않는 것이다.

사람은 익숙한 곳보다는 낯선 곳에서 더 창의적이 된다. 도전해오는 문제들에 대한 해답을 절박하게 찾기 때문이다. '낯섬의 미학'이다. 단돈 50달러를 가지고 미국 유학을 간 후 듀폰에서 아시아인 최초의 CEO 자리까지 오른 김동수 듀폰 아시아태평양 법인 전 회장은 'Break the box'를 강조한다. 안전망에서 빠져나와 낯선 곳으로 가야 성장한다는 얘기이다. '담쟁이 정신'으로 낯선 곳, 낯선 일을 향해 주저 없이 나아가자.

한강철교 2013. 02. 03(일)

갈대

갈대는

바람에 맞서 심호흡으로 견딜 뿐

바람보다 먼저 눕지 않는다

갈대는

심장의 맞바람으로 바람 밀어낼 뿐

빈자리 무임승차, 몸 세우는 건 아니다

강하게 일어서는 약한 자의 삶이다

갈대는 바람보다 먼저 눕고 먼저 일어난다고 한다. 시적 표현이지만 가만히 들여다보면 다른 관점으로 바라볼 수 있게 된다. 아무리 거센 바람이 불어도 갈대는 바람에 밀리면서도 온 몸으로 맞설 뿐 먼저 몸 눕히는 게 아니다. 그러다 결국 바람을 밀어내고 자기 힘으로 다시 몸을 세우는 '약함에서 나오는 강함'을 보여준다.

삶에도 적용해본다. 고통이나 고난이 닥쳐올 때 우리 몸을 눕히는 건 고통이나 고난 자체가 아니라 그것들에 대한 두려움이 아닐까. 서른 살에 세계 100대 대학인 상하이 푸단대학의 교수가 됐으나 암으로 시한부 선고를 받은 위지안은 그녀의 저서 '오늘 내가 살아야 할 이유'에서 말한다. "불안과 두려움은 근본적으로 해소할 수 없지만 때로는 머리를 똑바로 쳐들고 당당히 맞서면 생각했던 만큼 위협적이지 않다"

필자의 경험으로도 바닥이라 생각될 때 겁먹지 말고 마음 비우면 단단하게 버틸 수 있다. 그러다 기회가 오면 용수철처럼 튀어오를 힘이 생기는 것이다. 바닥에서 절망하다 무너져버리면 스스로에게 잠재돼있는 힘조차 잃어버리는 우를 범하는 것이다. 힘든 바닥에 대한 내성을 키워 나가자!

보이지 않을 때 마음의 눈이 열린다

보인다고 꼭 보는 건가. 안 보인다고 반드시 보지 못하는 것인가. 두 눈 다 뜨고도 길을 제대로 찾지 못해 실족하는 경우가 얼마나 많은가. 반대로 앞을 보지 못했던 헬렌 켈러는 남들이 보지 못하는 많은 것을 보면서 사회 운동가로서 많은 족적을 남겼다. 그녀는 말한다. "매번의 고투가 인간 승리의 드라마다. 있는 힘껏 노력하기를 거듭할수록 빛나는 구름에, 깊고 푸른 하늘에, 내 열망의 고원에 더 가까이 다가간다."

사방이 안개로 싸여 바로 눈앞의 사람도 잘 보이지 않는 곳에 서보았다. 눈에는 하얀 안개의 안대가 씌어져 물리적 시력은 철저히 무력화되었다. 그때 바로 마음의 촉수를 뻗어 주변을 느끼고 앞을 헤쳐가기 시작했다. 따지고 보면 평소 다 본다고 실제 다 보이는 건 아니지 않은가. 시선을 가린 너무 많은 것

들 탓에 오히려 마음의 촉수가 둔감해져 있기 때문이다. 핵심을 놓치고 자투리에 온통 시선이 쏠려 있을 때도 있다. 생텍쥐베리가 쓴 '어린 왕자'에서 사막에서 만난 여우는 어린 왕자에게 "마음으로 보지 않으면 잘 보이지 않아. 제일 중요한 건 눈에 보이지 않거든"하고 말한다. 맞는 말이다. 우리가 중요하다고 생각하는 가치는 눈엔 보이지 않고 마음으로 느끼는 것이다.

안개는 또 너무 멀리만 봐오던 고질적 습성을 고치는 연습을 하게 한다. 보이는 바로 눈앞에 선택과 집중을 하게 한다. 미래를 가불해 걱정하거나 더 이상 어쩔 수 없는 과거의 화석과 같은 흔적들을 끄집어내 고민하느라 현재의 행복을 잃지 말라는 목소리를 안개로부터 들을 수 있다.

해는 결국 비춘다

스산하다. 비를 뿌린 먹구름 사이로 주늑 들지 않은 해가 모습을 드러낸다. 비가 오거나 흐린 날씨는 무엇인가. 해가 비추지 않는 날씨이다. 우린 그나마 먹구름이 길게 하늘에 머물러봐야 몇 일에 불과하지만 2년을 살아본 미국 시애틀은 정말 대단하다. 겨울 서너 달이 줄곧 흐린 상태에서 비가 부슬부슬 내리는 데 정말 해를 단 하루도 볼 수가 없다. 위도가 만주 정도 위치여서 해는 오후 5시 전에 일찍 져 긴 밤이 이어지는 데 날씨는 흐리니 정서 관리하기가 쉽지 않다. 미국 내에서 우울증 환자가 가장 많은 도시에 들어간다.

흐린 날씨는 해가 없는 날씨다. 하지만 좀 더 정확하게 얘기하면 해가 구름에 가린 날씨일 뿐이다. 해는 구름 위에서 여전히 환하게 빛나고 있는데 우리가 보지 못할 뿐이다. 흐리거나 비 오는 날 비행기를 타보면 비행기가 구름을 뚫고 올라가는 순간 여전한 태양의 존재를 확인할 수 있다.

삶도 그렇다. 궂은 날씨 같은 힘든 상황이 수시로 반복된다. 눈앞을 가린 먹구름만을 보면 한 걸음 한 걸음 내걷기가 숨이 차다. 마음의 눈을 들어 먹구름 위에 여전히 내리쬐고 있는 해를 바라보자. 희망과 꿈의 온기를 느끼자. 결국 해는 먹구름을 뚫고 밀치고 우리 앞에 빛난다. 먹구름이 끼어있다고 좌절하고 무너지지 않는 게 중요하다. 그래야 환하게 비출 햇빛을 맞이할 수 있다.

다르게 생각하자

일상적으로 볼 수 있는 등이다. 오른쪽은 레스토랑에서, 왼쪽은 호텔 화장실에서 찍었다. 무심코 지나칠 수 있는 등이다.

평범한 등이 사진에선 왜 하나의 멋으로 표현될 수 있는가. 평범한 것을 다르게 보는 시각이 녹아들었기 때문이다. 오른쪽 사진을 먼저 보자. 등 전체를 담았다고 상상해보자. 별 특이할 게 없는, 그냥 고급스러운 등 정도로 보였을 것이다. 하지만 일부를 잘라내고 아래에서 사진을 담아내니 그런대로 분위기가 있어 보이는 사진이 됐다. 왼쪽 사진은 등을 아래에서 찍

좌 : 여의도 2013. 04. 29(월)
우 : 여의도 2013. 03. 05(화)

은 것이다. 위나 옆에서 찍었다면 별로 특이할 게 없는 등인데 아래서 은은이 퍼져나가는 등과 부채살 외관을 평면도처럼 촬영하니 색다른 맛이 나고 있다.

차별화는 이런 것이다. 남들이 못 보는 것을 보거나 같이 보는 것도 다르게 보는 것이다. 'Think different'(다르게 생각하자)는 스티브 잡스가 1997년 애플에 복귀한 이후 실행한 캠페인인데 이게 애플이 혁신의 '아이콘'이 되는 격발점이 된다. 다르게 생각하자!

빛은 터져 나온다

두 사진의 공통점은? 구름에 막혀 있는 햇빛이 열린 다른 방향으로 봇물 터지듯 부채 살 모양으로 하는 터져 나오는 장면이다. 1초에 30만km의 현기증 나는 속도로 움직이는 빛을 구름이 잡아둘 수는 없는 일이다. 물조차도 한 곳이 막히면 다른 뚫린 곳을 찾아 돌아가지 않는가.

그렇다. 올바르고 선한 일을 하더라고 우린 흰 구름이든 검은 구름이든 무엇엔가 막혀 답답한 상황을 견뎌야 할 때가 있다. 무리하게 몸을 뒤틀

좌 : 여의도 2013. 04. 27(토)
우 : 일산 농협대학교 2012. 10. 06(토)

려 하지 말자. 그래봤자 잘못된 '스윙'만
하게 된다. 자신이 올라른 방향에 머물러
있는 한 구름이 비켜서거나 그 빛이 어디
론가 빠져나가 제대로 알려지게 된다. 뚜
벅뚜벅 가는 게 할 수 있는 최선이다.

예술의 전당 2012. 11. 24(토)

"만족한 상태에서 조용히 죽음을 맞이하는 사람들을 보았었다. 여기엔 몇 종류가 있었다. 병에 너무 지친 사람들은 살아 있는 것이 너무 피곤해졌으며, 삶이 거기서 끝나는 것에 만족해했다. 또 하나님에 대한 믿음이 강한 사람들은 죽음을 하나의 통로로 여겼고, 죽는 것에 대해 전혀 슬퍼하지 않았다. 그리고 이미 좋은 삶을 살았다고 생각하는 사람들은 자신의 삶이 지금 끝난다 하더라도 크게 불평하지 않았다."

어리석게 살지 말자

감 하나 홀연히 하늘에 매달려 있다. 토실토실 먹음직스럽게 절정의 멋을 뽐내고 있다. 푸른 하늘에 오렌지색 감이 매달려 있는 건 가을이 선물하는 장관 중 하나이다. 하지만 어쩌겠나. 이 경치 또한 유효기간이 있는 걸. 농익은 감은 누군가의 손에 의해 땅으로 내려오거나 제 무게를 견디지 못하고 떨어져 일생을 마감할 것이다.

이 사진에서 인생을 본다. 우린 죽음을 남의 일로 여기고 천년만년 살 것처럼 살아간다. 이런 착시를 '잠재적 불멸성' 이라고 표현한 학자도 있다. 죽음이 곳곳에서 목격돼도 '나는 영원히 살거야' 라는 의식이 내면에 잠재해있다는 말이다. 그러나 결국 삶에도 유효기간이 있다. 유효기간이 언제 끝나는지를 알 수 없을 뿐. 이걸 기억한다면 삶의 자세가 달라질 텐데 그게 그리 쉬운 일이 아니라는 게 문제다. 장례식장에 다녀오면 잠시 삶에 대해 경각심을 갖지만 언제 그랬냐는 듯이 현실에 빨려 들어가는 게 우리 삶이다. 그렇기에 수행자들은 'memento mori' (죽음을 생각하라)는 말을 마음에 새기고 살았다고 한다.

죽음. 누구나 어쩔 수 없이 이 종착역을 통과해야 한다. 어리석지 않게 살기 위해 'memento mori' 를 하자. 꾸베 씨의 행복여행에 나오는 죽음에 대한 구절을 소개한다. 많은 생각을 하게 하는 글이다.

난지 한강공원 2013. 04. 27(토)

실루엣으로 세상 보기

실루엣. 그림자로 표현하는 기법을 얘기한다. 이 사진이 실루엣으로 표현됐다. 말의 유래는 그리 유쾌하지 않다. 18세기말에 프랑스의 재무상 실루엣이 극단적인 절약을 주장하며 초상화를 검은 색만으로 그려도 충분하다고 말한 데서 이 말이 나왔다.

실루엣은 달리 말하면 세세한 모습과 색상 등 디테일의 과감한 생략이다. 사진의 경우 빛을 마주보고 역광으로 찍으면 실루엣을 표현할 수 있다.

때론 삶을, 세상을 보는 시선도 실루엣이면 좋을 듯하다. 미주알고주알 다 알아야 할 일도 있지만 세세하게 다 들여다보면 아름다운 게 얼마나 있겠는가. 실루엣처럼 큰 맥락만 보고 자세한 건 적당히 넘겨버리는 지혜도 필요하다.

땅에는 가로등, 하늘엔 달. 서로 마주
보고 눈빛을 나누는 밤. 이런 밤에 그
리움의 봉화 한 번 피워 올리지 않은
이가 있겠는가?

유영하는 밤

시간이 멈춘 순간
낯설지만 한 번 와본 듯 익숙함으로
기억 저편 실타래 풀어보지만

까마득한 숨결
돌아오지 못할 메아리로 잦아든다

태워도 태워도
재로 남지 않는 그리움

저어도 저어도
제자리 그 허튼 몸짓

어둠에 가위 눌린 밤
달도 눈감지 못한다

여의도 2013. 04. 27(토)

햇빛 충전

저무는 해

빨간 신호등 걸려

잠시 멈춰 섰다.

가로등은

밤 밝히려

햇빛 충전 중

하루를 달린 세상

얼굴이 발갛다.

가슴에 햇빛 한 자락

구겨 넣는다.

해질 무렵 지는 해와 가로등의 교차, 서로 온기를 주고받는 멋진 순간이다. 어둡고 차가운 밤을 새려면 온기 한 자락 가슴에 담아 가야한다.

바뀜 그리고 흘려보냄

지는 해
날개 죽지 툭툭 털어낸다.

다 비웠다 했는데
저 구석 쪼그려 앉은 이끼덩이
떠올라 딸꾹질 해댄다.

위로 치밀고 올라오는 근육의 세기만큼
가슴이 소스라치듯 아리다.

어쩔 수 없다.

지는 해 안겨 내려놓는 수밖에
어찌 실타래를 다 풀 수 있겠는가
싹둑 잘라낼 수도 있는 거지.

해 바뀜은 그 절단, 그 지움의 단면
녹지 않는 건
그냥 흘려보내는 것이다.

좌 : 난지 한강공원 2012. 12. 22(토)
우 : 인천 동막해수욕장 2013. 02 23(토)

일 년 마다 한 해가 지고 새 해가 떠오른다. 매일 매일 하루를 보내고 새 날을 맞는다. 사실 시간은 끊김 없이 이어질 뿐인데 우리가 일, 월, 년으로 약속을 정한 것이다. 성탄을 축하하는 크리스마스를 보자. 예수 그리스도가 12월 25일에 탄생하였다는 확증은 없다. 성경에는 예수 그리스도가 언제 태어났는지에 대한 기록이 없다. 로마교회가 345 년경부터 12월 25일을 성탄절로 지키면서 크리스마스가 이날로 정해졌다고 한다. 사람들끼리의 약속인 것이다.

시간이 약속한 대로 일, 월, 년으로 끊어지는 만큼 우리는 시간 단위마다 뭔가 삶의 '마침표'를 찍고 가려는 '결산의 속성'이 있다. 하지만 어느 정도 여백이 있어야 삶이 숨을 쉴 수 있다. 적당히 싹둑 잘라 잊어버리기도 하고 그냥 '물음표' 상태에서 흘려보내기도 해야 산다. 그래야 삶에 '느낌표'도 생기는 풍성한 호흡이 주어진다. 마침표, 물음표, 느낌표. 삶의 균형을 잘 잡아나가자.

생각이 흐르다 빛에 걸렸다?

한강 2013. 01. 18(금)

검색시장의 강자, 스마트폰 플랫폼인 안드로이드의 운영 기업인 구글. 세계적인 이 회사에서 나오는 혁신적인 아이디어는 언제 나올까. 아이러니컬하게도 직원들에게 허용한 20%의 자유시간에서 이 아이디어들이 빛을 내고 있다. 무엇을 의미하는가.

일과 상황에 몰입하게 닦달을 하는 근면성은 제조업 위주의 '좌뇌 세계'에서 필요한 것이었다. 세상이 바뀌었다. 돈보다 창조와 창의성이 자본의 근간이 되는 '우뇌 세계'의 문이 활짝 열렸다. 이런 세상에서는 몰입도 몰입이지만 적절한 거리와 여백 두기가 매우 중요해졌다. 이어령 선생의 말대로 '땅을 파지 말고 가슴과 심장을 파야하는' 시대에 우리는 살고 있는 것이다. 스스로도 생각할 시간을 자주 갖고 직원들에게도 그런 시간을 허용해야 한다.

생각하기의 지향점은 경험의 덫에서 벗어나는 것이다. 경험은 제조업적 세계에서는 중요한 자산이었지만 변화의 속도가 빠른 소프트웨어적 세계에서는 새로운 것을 못보게 하는 장애물일 수 있다. 익숙한 경험의 껍질을 깨고 변화의 '눈'을 보기 위해, 그 변화의 '빛'에 걸리기 위해 현실에 틈을 허용하자.

한강 2013. 02. 24(일)

달의 겸손

해가 떠있는 동안에는

달은

스스로 먼저

빛나지 않는다.

해는 달이 떠있든 말든 달이 피할 틈도 주지 않은 채 거침없이 빛줄기를 쏘아대며 솟구친다. 달은 다르다. 해가 사라지고 어둠이 차올라야 비로소 몸에서 빛을 내기 시작한다. 해는 항상 꽉 차있다. 터질 것처럼 타오른다. 달은 이지러졌다 채웠다를 되풀이한다. 다 차면 내려놓아 비워내고 다시 새롭게 채운다. 강물에 녹아든 햇빛과 달빛을 비교해보자. 햇빛은 강의 안방을 순식간에 독차지해버린다. 이에 비해 달빛은 행여 강의 마음을 상할 까 그저 은은하게 고개 숙여 녹아들뿐이다. 달에게서 마음 비움과 겸손, 배려를 배운다.

주변의 아름다움에
눈을 뜨자

등 사진 두 점이다. 왼쪽 사진은 주변에서 흔히 볼 수 있는 가로등이고, 오른쪽 사진은 가게 안에 있는 등을 길가에서 찍은 것이다. 무엇이 느껴지는가? 흔히 볼 수 있는 가로등도 밤과 만

나면 나름대로의 '멋의 빛'을 낸다.

우리는 아름다움 하면 어디 먼 곳, 산이나 강으로 나가야 볼 수 있는 것으로 생각한다. 하지만 마음의 눈을 열어 주변을 돌아보자. 가로등에서부터 자그마한 가게의 등, 길가 화단, 동네 공원, 주변에서 나는 새...

아름다운 게 많다. 우리가 일상의 분주함을 핑계로 보지 않거나 못보고 있는 것들이다.

볼 수 있는 것은 축복이다. 필요한 것은 단지 주변에 널려 있는 아름다움과 주파수를 맞추는 일이다. 분주함의 노예가 되지 않으면 삶이 풍성해질 것이다.

반포대교 2012. 10. 09(화)

열리는 하루의 빗장, 그 행복

이른 새벽 잠수교에서 찍은 해돋이. 발갛게 달아오르는 하늘에 뭉게구름이 장관을 이루고 한강엔 보트 한 척이 꼬리를 길게 드리우고 움직여 아름다운 풍경이 연출됐다. 필자는 밤늦게 잠자리에 드는 '올빼미과' 였는데 자전거 라이딩와 사진에 재미를 붙이면서 심심치 않게 새벽형 인간으로 변신을 하기도 한다.

세상이 눈을 뜨지 않은 시간, 어둠을 헤치고 나와 먼동이 트기를 기다리는 설렘, 해본 사람만이 느낄 수 있는 즐거움이다. 마침내 여명이 밝으면서 벅찬 하루의 빗장이 열리는 순간 느끼는 행복감은 이루 말할 수 없다.

이렇게 취미활동, 일, 공부, 운동 등 뭐든 열심히 하는 게 삶의 깊이와 폭을 채위가는 방법이라고 믿는다. 열심, 한자로 熱心. 뜻은 '어떤 일에 온 정성을 다하여 골똘하게 힘씀. 또는 그런 마음' 이다. 몸만 부산한 것보다 마음을 집중하는 것이다. 이른 시간 세상의 눈뜸에 마음을 집중해보는 것도 인생에 활기를 불어넣는 좋은 방식이다.

영등포 2013. 01. 23(수)

비 젖은 가로등

가로등이

혼자 비에 젖어

어둠 닦아내고 있다.

우리 맨 몸에

비가

둥지 튼 때가 있었다.

우산이

하늘과 땅

가르기 전까지는

비 오는 날 가로등과 마주 봤다. 어릴 적 시골 집 주변 논에서 뛰놀던 기억이 났다. 비가 쏟아져도 그냥 맞으며 자연과 하나 됐던 시절. 이젠 비는 우산으로 막아야 할 대상이다. 문명이 사람과 자연 사이를 가로막은 시대에 우린 살고 있다. 자연을 많이 망쳐 상처가 심각해진 지금에야 '친환경', '그린'을 말하며 자연과의 화해에 관심을 돌리고 있다. 늦었지만 진심으로 해야 할 일이다.

117

여의도 2013. 02. 21(목)

어둠 속 빛난 별, 고흐

여의도 야경이다. 가로등 하나 밝은 별처럼 우뚝 서 어두운 하늘을 받치고 서있다.

이 사진을 보면서 '영혼의 화가' '태양의 화가' 로 불리는 네덜란드의 후기 인상파 화가 고흐가 생각났다. 그림을 알게 해 준 화가이고 제일 좋아하는 화가이다. 그의 생은 안타까울 정도로 어두웠다. 가난과 고립, 정신적 상처로 검게 칠해진 그의 짧은 37년 간의 삶. 그런 혹독한 여건 속에서도 그의 그림을 향한 열정은 삶 전체를 비추었다. 그는 캔버스에서 삶의 의미를 찾았고 집요하게 자신만의 미적 세계를 추구했다. 그가 1890년 7월 29일 자살로 생을 마감할 때까지 그린 그림은 879점. 거의 팔리지 않아 먹고 사는 것조차 힘든 상황에서는 그는 동생 테오의 도움을 받아가며 열정적으로 붓터치에 몰입한 예술가이다. 천재 화가는 당대에는 어둠 속을 거닐다가 안타깝게도 사후 빛을 발했다.

고흐가 동생 테오에게 보낸 편지글 중 일부이다.
"겨울이 지독하게 추우면 여름이 오든 말든 상관하고 싶지 않을 때가 있다. 부정적인 것이 긍정적인 것을 압도하는 것이다. 그러나 우리가 받아들이든 받아들이지 않든 냉혹한 날씨는 결국 끝나게 되어 있고, 화창한 바람이 찾아오면 바람이 바뀌면서 해빙기가 올 것이다. 그래서 늘 변하기 마련인 우리 마음과 날씨를 생각해 볼 때, 상황이 좋아질 수도 있다는 희망을 품게 된다."('반고흐 영혼의 편지, 신성림 번역, 예림)

119

행복

가느다란 가지에

하늘 보고

당차게 매달린 잎새 몇 개

행복이 둥둥 떠있다.

누구나 행복을 원한다. 불행을 즐기는 사람은 없다. 힘들어도 미래엔 행복해질 것이라는 꿈과 희망으로 현재를 견딘다. 그런데 정작 행복을 정의해보라면 막막해진다. 항상 즐거운 상태? 근심 걱정이 없는 상태? 이걸 행복이라 한다면 그걸 우리 손에 쥘 수 있을까. 무언가를 성취했다고 하자. 잠시 행복한 느낌이 들겠지만 우리 감정은 거기에 오래 머물지 않는다. 또 다시 무엇인가를 갈구하고 다시 불만족 상태에 들어간다. 우스개 소리로 벤츠를 산 다음 6개월 이후에도 '아 정말 이 차 좋다. 나는 행복하다' 라고 생각한다면 정신 이상이라는 말도 있다. 우린 그렇게 현실에 빨리 적응하고 싫증을 내게 돼있다.

필자 나름대로는 자족하는 평정심의 상태를 행복이라고 부르고 싶다. 즐거운 일이 생겨도 지나치게 들뜨지 않고 힘든 일이 생겨도 꺾지 않는 내적 지지력이 강한 상태를 진정한 행복이라고 정의하고 싶다. 그러니 행복은 과정일 수도 있고 목표일 수도 있는 것이다.

철학자이자 1950년에 노벨 문학상을 받은 버트런드 러셀의 행복에 대한 언급이다. "내가 삶을 즐기게 된 비결은 자신에 대한 집착을 줄였다는 데 있다. 나는 차차 자신과 자신의 결점을 대수롭지 않게 여기는 법을 배워나갔다. 나는 외부의 대상들, 즉 세상 돌아가는 것, 여러 분야의 지식, 그리고 내가 호감을 느끼는 사람들에 대해서 더욱 관심을 기울이게 되었다" 자신에 대한 집착을 줄이고 여러 분야에 대한 대해 호기심을 가져보라는 조언이다.

미사리 조정경기장 2013. 02. 21(목)

겨울 산

겨울 산
한 눈 팔게 없어서
좋다

개울물 소리
묻히고
붉은 물 뚝뚝 흘렸던 단풍도
수목장으로 잠들고

온전히
가슴 꽉 품은 바람만으로
삶의 닻 내리고
생각의 돛 펼쳐본다

숱하게 꺼져간 해
다시 달궈져 솟아오르는 불덩이가
구태여 그어놓은
시간의 경계

입 꽉 다문
겨울산 위에서 서성이다
꼭 그만큼 키가 자라
마음도 꼭 다물고 내려 온다

겨울 산이 더 좋다. 파릇파릇한 새 싹과 꽃망울이 도드라지는 봄 산, 시원한 물줄기가 쏟아져 내리고 신록의 그늘이 사람들을 유혹하는 여름 산, 온 천지가 화려한 물감으로 뒤덮인 가을 산도 다 매력이 있지만 겨울 산의 그 깊은 맛은 차원이 다르다. 새 싹에, 신록에, 단풍에 한 눈 팔 여지없이 말 그대로 산에 집중할 수 있다. 산과 대화하며 생각에 몰입할 수 있다. 상념의 발걸음 수 만큼 커진 가슴을 가지고 내려올 수 있다. 사람의 성장은 한 눈 팔 수 없고 돋보기로 햇빛을 한 데 모으듯 심장에 집중할 수 있는 '겨울' 에 이뤄진다.

온기는 사람을 녹이지만, 한기는 사람을 단단하게 한다.

영등포 구민회관 2013. 02. 27(수)

희망의 마중물, 달

어김없이 추운 밤
물기 심장으로 모을 수밖에 없다
모닥불 꺼트리지 않기 위해

가지들
달과 몸 비벼댄다,
졸지 않기 위해서,

나에겐 그런
달 하나 있는가

잔잔하게 다가오는 달빛 물결이 고즈넉하다. 성찰의 목소리가 흐른다. 달은 희망의 마중물이다. 한 겨울 밤에 옷 한 자락 걸치지 않은 나무들이 견뎌내는 건 달빛에 실려 오는 봄을 향한 희망때문이다.

희망이 사람을 살린다. 일으켜 세워 걷고 뛰게 한다. 미혼모인 노숙자의 딸로 태어나 유복한 가정에서 자란 아이들도 들어가기가 '하늘의 별' 따기인 하바드 대학에 들어간 카디자 윌리암스. 그녀의 감동적인 성공의 스토리가 가능하게 했던 자양분은 운명을 개척해나가겠다는 희망이었다. 그녀가 얘기하는 자신의 삶이다.

"어머니는 14살 때 차가운 쓰레기더미 속에서 저를 낳으셨습니다. 어머니와 전 뉴욕의 거리를 전전했습니다. 공부가 좋았습니다. 가진 것 없는 제가 그나마 남들과 같아지기 위해 한권의 책을 더 읽고 한 번 더 생각하는 방법을 택했습니다. 노숙자들이 모여 사는 텐트촌에서 어머니와 저는 두 모녀가 감수해야 할 위험한 시선을 참아내며 필사적으로 학교를 다녔습니다. 거리의 길바닥은 저에게 세상에서 가장 넓은 공부방이었습니다. 꿈이 생겼습니다. 대학에 들어가 나의 운명을 스스로 바꾸는 꿈. 우리 가족이 더 이상 남들의 비웃음 섞인 시선을 받지 않아도 되는 꿈. 정말 최선을 다했습니다. 내 인생과 운명을 바꾸기 위해 앞만 보고 달렸습니다. 그리고 전 결국 브라운과 컬럼비아 등 미 전역의 20여개 대학으로부터 합격통지를 받아냈습니다. 더 이상 사람들은 저를 노숙자라고 부르지 않습니다."

광화문 광장 2013. 04. 27(토)

물망울

봄꽃 피니
물망울도 덩달아
신명 나
허공 닦는다

겨울 바위 걷어내니
봄 용수철 튀어오르다
여름이 성급하게
머리 내민다

물줄기가 겸연쩍다

여의도 샛강공원 다리 2013. 04. 27(토)

퇴근하는 일상

시간의 때가 타면 태울 게 많아진다.
삶의 충전은 연소에서부터 시작된다.

잠수교 2013. 05. 01(수)

보름달과 강, 밤이 만나면 마음의 꽉 차 떠오른다. 어둠에 꼭 박혀서…

중국 상해 가는 하늘 길
2013. 04. 29(월)

구름 위로 열린 천상의 길. 높이 뜰수록 가벼워진다.

결

"어려운 일이 벌어지는 것은 통제할 수 없지만

거기에 반응하는 방식은 얼마든지 조절할 수 있다"

(닉 부이치치)

물결도 키가 있다

물결도
키가 제각각

껑충 큰 녀석
고개 빳빳이 세워 내닫고

자잘한 녀석들
벌써부터 고개 숙일 채비 하고

큰 놈 작은 놈 할 것 없이
뭍에 닿으면

하얀 밀가루 뿌려 생을 졸업하거늘
누구나 그 날로 밀려가거늘

큰 키 작은 키 무슨 차이겠는가

인천 을왕리 해수욕장 2013. 03. 01(금)

우리 사회에 만연해있는 성공 철학을 물결로 말하면 키 큰 녀석만 높이 평가하는 그릇된 관점에 기인한다. 더 높이 올라가고, 더 많이 벌고, 더 유명해지는 것만이 좋다는 물량주의적 시각의 부산물이다. 이런 기준을 충족시킨 것만을 성공이라 규정한다면 큰 오류에 직면하게 된다. 대다수의 나머지 삶을 실패로 몰아가는 독단적 기준이 되버리는 것이다. 그러니 기준 자체가 잘못된 것이다. 물결의 키가 문제가 아닌 것이다. 작아도 자기만의 삶의 영역에서 성실하게 생을 완주하고 의미 있는 흔적을 남긴다면 이 또한 성공한 훌륭한 생의 여정이라고 믿는다.

물
결

바다 위 사람들 북적댄다
물결에 탑승한 발자욱들
아프고 시린 만큼 하얀 포말, 높이 세워
줄지어 뭍으로 뭍으로
느닷없이 바위에 부닥치기도 하고
모래밭에 닿았지만 곧 밀려나고
제각각 다른 난이도
하지만
한 녀석 넘어지면 바로
그 위 포개는 끼리끼리의 토닥거림
그렇다
삶은 각자의 아픔으로 뚜벅뚜벅 나아가는 것
뒤에서 앞을 받쳐줘 어깨 한번 크게 펴보는 것
그래도 햇빛은 내내 내리쬐고 있음을 잊지 않는 것이다.

※물결이 줄지어 오는 모습을 표현하기 위해 제목 '물결'을 세로로 세웠다.

인천 동막해수욕장 2013. 04. 27(토)

바닷가에 나가 봤다. 끊임없이 물결이 줄을 지어 몰려드는 데 하나하나가 다 우리의 사연 같다는 생각을 해보았다. 문제가 해결되든 안 되든 세월의 바다 위에서 제각각 흘러가는 게 삶이 아닐까. 각자 각자가 가진 사연이 어디 속 시원하게 해결되던가. 바위에 속절없이 부딪치기도 하고 부드러운 모래밭에 닿았다 싶으면 뒤로 또 밀려나야 하기도 하고. 하지만 물결의 움직임처럼 몇 개의 물결이 서로 손잡고 움직이기도 하면서 위로하기도 하고 뒤의 물결이 앞의 물결이 앞으로 나아가도록 도와주기도 하고 한 물결이 엎어지면 뒤따르던 물결이 바로 포개서 안아주기도 하고...그렇게 서로 기대면서 가는 게 삶이다.

인천 을왕리 해수욕장 2013. 03. 04(월)

뚜벅뚜벅 가자!

망망대해 위에 떠있는 배 한척. 인생이다. 혼자 세상에 던졌다가 결국 혼자 떠나야 하는 길이다. 호흡하는 동안에도 옆에 누가 있다한들 '홀로 있음' 은 변하지 않는다. 주저앉았더라도 일어서고 앞으로 나아가는 건 자신의 몫이다. 남이 대신 해줄 수 없다.

헝가리 출신의 영화감독 벨라 타르가 만든 영화 '토리노의 말' 이 있다. 어느 시골 마을의 농부와 딸은 단둘이 사는 데 그다지 나아지지 않는 힘든 상황에서도 매일 매일을 일어나고 먹고 일하고 자고, 그런 일상을 묵묵히 살아간다. 인생을 잘 묘사한 작품이다.

우리 말 중 '뚜벅뚜벅' 이란 말을 제일 좋아한다. 사전적 의미로는 '발자국 소리를 뚜렷이 내며 잇따라 걸어가는 소리. 또는 그 모양' 이다. '허겁지겁', '비실비실', '비틀비틀' 같은 허약한 말보다 멋지지 않은가. 상황이 어찌되더라도 기도하며 우직하게 자신의 삶을 완주해내는 모습. '태어날 때는 자신은 울고 주변은 웃는다. 세상을 떠날 때는 주변은 울고 자신은 웃자' 는 말이 있다. 병마와 시달리며 웃는 것까지는 힘들더라도 뒤돌아볼 때 '잘 산 것 같다' 는 마음으로 삶을 종료할 수 있다면 그런대로 괜찮은 삶 아니겠는가.

영등포 성당 2013. 04. 27(토)

그래도 하늘로, 하늘로

동네에서 산책을 하다가 한 성당 안에 있는 이 나무를 발견했다. 잎새가 다 떨어져 나간 나무들의 모습이 적나라하긴 하지만 이 나무는 갖은 인고를 세월을 견뎌온 내공이 느껴졌다. 비비 꼬이고 아래로 쳐지는 듯하다가 다시 솟구쳐 올라가고 끝내 하늘을 향한 몸짓을 포기하지 않는 인내와 집념이 또렷하게 이 나무의 삶에 새겨져 있다.

삶은 그렇게 간단하지 않다. 출생이라는 그 발원점에서 세월이 흐르면 흐를수록, 삶이 조그마한 개울에서 큰 강에 이를수록 관계와 문제의 덩어리들이 커지고 복잡해진다. 한 고개를 넘으면 다음 고개를 넘어야 하고 그 숱한 고개를 극복해가면서 종점까지 가야하는 게 삶이다. 순탄한 평지만 걷는 삶이 어디있겠는가. 잘 가는가 싶다가도 넘어져 상처가 나

고 비틀비틀거리거나 뒷걸음질을 치며 허망한 눈길로 밤하늘을 봐야 하는 시련의 시기도 있다. 그러나 툭툭 털고 다시 일어서 앞으로 나아가는 데 삶의 의미와 가치가 있다고 믿는다. 내리막길이라도 도랑에 빠져도 하늘을 향한 시선을 잃지 않는 자에겐 꿈과 희망이 삶의 불쏘시개가 된다.

중학교 때 외상으로 실명을 했지만 이 불행을 딛고 우뚝 서 미국 피츠버그대 철학박사, 백악관 국가장애위원회 정책 차관보 등 정상인도 이루기 힘든 성공의 드라마를 펼친 고 강영우 박사. 차량 전복사고로 목 아래가 모두 마비됐지만 강단으로 복귀한 이상묵 서울대 지구환경과학부 교수. 두 사람은 사진의 나무와 같은 삶을 보여준 것이다.

잠수교 2012. 09. 09(일)

상황이든 사물이든 우리는 무엇을 어떻게 바라볼 것인가를 선택한다. 그 시작점이 삶이 펼쳐지는 방향을 결정한다. 같은 상황과 사물을 보고도 사람마다 그 선택에 따라 시작이 달라진다. 어떤 사람은 긍정적 관점에서, 다른 사람은 비관적 관점에서 바라보는 차이가 생기기도 하며 그 결과 삶의 내용도 크게 달라진다.

사진을 보자. 반포대교에서 매일 밤에 펼쳐지는 분수 쇼이다. 그 현장에 나가보라. 거의 대부

시선이 전부이다

분의 사람들이 한강 좌우에 있는 공원에서 상당한 거리를 두고 분수 쇼를 즐긴다. 외부의 시선으로 보는 것이다. 물론 그 나름대로 의미가 있고 아름다운 야경이 펼쳐진다. 그러나 잠시 자리를 옮겨 물이 쏟아져 내리는 반포대교 밑에 있는 잠수교 중앙부분에서 분수 쇼를 쳐다보자. 바깥에서는 볼 수 없었던 전혀 다른 장면이 펼쳐진다. 눈앞에서 펼쳐지는 생생한 물줄기의 융기를 감상할 수 있다. 관점을 바꾸니 같은 분수 쇼도 색다른 모습으로 즐길 수 있는 것이다.

살아가면서 자주 마주치는 고난에 대한 관점도 마찬가지이다. 어차피 닥친 고난, 그 시선을 바꿈으로써 고난을 거친 후의 결과를 다르게 만들어 갈 수 있다고 믿는다. 팔다리가 없이 태어난 신세를 비관하고 세 번씩이나 자살 시도를 한 호주의 청년 닉 부이치치를 보자. 그는 그 절망적인 상황을 믿음과 희망의 시각에서 보기 시작하면서 놀라운 삶의 변화를 이루어낸다. 사지가 없는데도 서핑도 하고 스케이트보드도 타고, 드럼도 연주하고, 골프도 치고, 컴퓨터도 한다. 그는 희망전도사로 전 세계를 돌며 강연을 하고 있다. 닉 부이치치는 말한다. "어려운 일이 벌어지는 것은 통제할 수 없지만 거기에 반응하는 방식은 얼마든지 조절할 수 있다" "엄청난 어려움에 당장이라도 쓰러질 것 같을 때 무엇이든 가능하다는 것을 기억하고 신뢰하라. 믿음을 잃지 말라. 상황이 달라지고, 해결책이 나타나고, 예상치 못했던 도움을 받게 될 수 있다. 불가능은 없다." ('닉 부이치치의 허그') 위대한 관점의 승리이다.

동호대교 2013. 04. 29(월)

줌 인과 줌 아웃을 반복하자

소아시아에서 페르시아 군대를 물리친 마케도니아의 알렉산더 왕은 고르디온이라는 마을에 들어서는데 그곳에는 제우스 신전이 있었다. 신전에는 매듭이 묶여 있었는데 이것을 푸는 사람이 아시아를 지배한다는 전설이 있었다. 그동안 많은 사람이 매듭을 풀어보기 위해 나섰지만 실패했다. 알렉산더도 안간 힘을 썼으나 푸는 게 불가능해 보였다. 구경꾼들은 '그러면 그렇지' 하는 표정이었다. 이 때 알렉산더는 칼을 뽑아 단숨에 그 매듭을 잘라 버렸다. 매듭이 마침내 풀린 것이다. 이 일화는 관점의 차이가 얼마나 중요한 지를 말해준다.

삶은 관성과 원심력사이의 힘겨루기 과정이다. 있는 그대로의 자리에 머물려는 속성이 관성이다. 위에서 얘기한 일화에서 매듭을 손으로 풀겠다고 하는 익숙한 습관이다. 원심력은 밖으로 튀어 나가려는 변화를 추구하는 마음이다. 칼로 베어도 매듭을 풀린다는 점을 떠올린 역발상의 관점이다.

둘의 적정한 균형이 중요하지만 안정을 지향하는 삶의 속성 상 관성에 힘에 끌리기 십상이다. 관성의 힘에 묻혀버리면 시선을 자꾸 줌 인해 현미경을 사물을 들여다보는 미시의 세계에 갇혀 버린다. 작은 것에 매몰돼 큰 것을 놓치게 된다. 그럴수록 잠시 멈춰 원심력에 몸과 마음을 맡겨 보는 습관을 들이자. 산이나 강으로 나가든지 건물의 옥상에 올라가 심호흡을 하자. 기도를 하거나 명상에 빠져들자. 현실에서 일정한 거리를 유지해 시선을 현미경에서 망원경으로 바꾸자. 그러면 시선이 줌 아웃돼 미시에서 거시의 세계로 옮겨 온다. 작은 것을 놓치면 회복할 기회가 있다. 큰 것을 놓치면 쇄쇼 없이 실을 섣는 것이니 자칫 더 큰 어려움에 빠질 수 있다. 중요한 것은 방향이기 때문이다. 줌인과 줌아웃을 반복할 줄 알아서 올바른 좌표 위에서 작은 것도 잘 챙겨가는 것이 삶의 매듭을 잘 풀어가는 길일 것이다.

한강 2013. 04. 27(토)

속도가 아니라 방향이다

골프를 많이 못치는 편이다. 골프는 단 두 가지만 잘 하면 된다는 얘기가 있다. 그 두 가지는 거리하고 방향이다. 원하는 방향으로 원하는 거리만큼 볼을 보내면 된다는 것이다. 간단해 보이지만 사실 이 두 가지를 잘하면 골프를 잘하는 것이다. 거리가 맞으면 방향이 엉뚱하고 방향은 좋은 데 거리가 못미쳐서 애를 먹는 것이다.

삶에서는 사실 얼마나 멀리 갔느냐보다는 올바른 방향으로 가고 있느냐가 훨씬 중요하다. 속도만을 중시하다보면 군더더기 없는 직진만을 선호하게 된다. 복잡다단한 여정 속에서 어떻게 똑바로 앞으로만 나아갈 수 있겠는가. 제 길을 찾지 못해 엉뚱한 길에 들어서면 좌회전도 하고 우회전도 할 수 있는 것이다. 또 정말 잘못된 길로 들어섰다 싶으면 유턴을 해서 길을 거슬러 올라갈 수도 있다.

방향과 좌표를 점검하기 위해서는 사진의 보트처럼 흐르는 물결 위에서 '잠시 멈춤'이 필요하다. 달리면서는 '삶의 나침반'이 가동되지 않는다.

인천 거잠포 2013. 04. 27(토)

길

영종도 국제공항 부근 거잠포 앞바다. 바다를 가르는 이차선 도로 참 인상적이었다. 거침없이 직선으로 쭉 뻗지 않고 부드러운 곡선으로 이어진 길이어서 더욱 좋았다.

우리는 살아가면서 걸어가는 여정이 별다른 어려움이 없이 직선이었으면 하는 희망을 갖는다. 갈팡질팡하거나 후진하거나 유턴하는 일이 없이 직진하기를 원한다. 하지만 어디 삶이 그리 간단한가. 넘어지거나 엎어지기도 하고 도랑에 빠지기도 하면서 구부러지거나 꼬불꼬불한 고개 길을 걷기도 하고 후진이나 유턴을 해 어쩔 수 없이 다시 시작해야 하는 상황도 맞게 된다.

그런데 생각해보자. 정말 직선도로에서 직진만 할 수 있다면 인생이 얼마나 건조할까. 방향은 정해져있으니 앞만 보고 속도에만 집중하는 메마른 일차원적 삶이 되지 않을까. 이리저리 구부러진 길을 가야 하니 뒤도 힐끗 거려 보면서 옆도 보고 하늘도 올려다보면서 입체적인 삶을 살 수 있을 것이다. 여정을 풍성하게 채워갈 수 있을 것이다. 천상병 시인이 귀천에서 노래했듯이 "아름다운 이 세상 소풍 끝내는 날/가서, 아름다웠더라고 말하리라……" 라고 회고할 수 있는 삶을 만들어 가고 싶다.

난지 한강공원 2013. 01. 18(금)

노을

남은 눈금 쳐다보며

천천히 타오르는 해돋이와 달리

남은 눈금 다 태우며

붉은 몸 다 짜내는 충혈된 일몰

언제나 보내는 손은

붉은 물 뚝뚝 떨어뜨린다.

남은 깃 다 비우고

환하게 식어갈 수 있다면…

50대에 들어선 지금 작은 소망이 생겼다. 수명이 70세가 됐든 100세가 됐든 어리석지 않게, 그리고 멋지게 살고 가고 싶다는 소망을 갖게 됐다. 그래서 아예 회사 컴퓨터 위에 '어리석게 살지 말자'란 말을 붙여 놓기까지 했다.

거침없이 올라오는 일출보다는 천천히 자기 몸 다 태우며 세상을 아름답게 물들이며가는 일몰의 멋진 모습이 더 좋다. 언제가 될지 모르겠지만 때가 되면 노을처럼 아름답게 지고 싶다. 한 평생 잘 완주했다고 스스로를 격려하며. 환하게!

한강 2013. 01. 01(화)

일상에서 거리 두기

눈 내린 날 서울숲 외곽에 세워진 한강 전망대 위에 섰다. 눈이 수북이 쌓인 한강변에 드문드문 설경을 즐기며 산책하는 사람들의 발자욱이 묻어나고 있었다. 복잡하고 빠르게 흘러가는 삶의 한 복판에서 '잠깐 멈춤'에 나선 대열이다.

숨 가쁘게 분주하게 돌아가는 세상이다. 어디로 가는지 짚어볼 틈도 없이 허겁지겁 앞으로 날려나가는 삶이다. 재독 철학자 한병철 교수는 저서 '시간의 향기'에서 "활동의 과잉이 일상화되면서 노동은 절대적 명령이 되고 인간은 일하는 동물로 전락하고 만다"고 진단한다. 그는 잃어버린 시간에 향기를 되찾아 주기 위해 사색적 삶을 되살려야 한다고 역설한다. 윌리엄 파워스도 '속도에서 깊이로'에서 디지털 홍수에 빠진 삶을 경고하면서 "분주한 사회에서 깊이와 충만함을 얻기 위해서는 가장 먼저 거리를 확보해야 한다"강조했다.

일상에서 거리를 확보하자. 실행은 어렵지 않다. 점심 후에나 저녁시간에 산책을 하거나 주말에는 가까운 산이나 강가로 나가 걷는다거나 틈나는 대로 독서를 하면서 생각할 시간을 많이 갖는 일은 마음만 먹으면 언제든지 할 수 있는 일이다. 현실과 적당히 거리두기. 현실을 잘 살기 위해서도 필요하다.

미사리 조정경기장 2013. 02. 16(토)

과거는 흘려보내자!

지난 겨울은 눈이 많이 와서 참 좋았다. 눈이 없는 겨울은 메마른 나뭇가지처럼 황량하기가 그지없다. 멋지게 펼쳐지는 설경은 겨울이 주는 선물이자 겨울 경치의 백미이다. 눈은 또한 그 안에 뭐가 들어있든 일거에 다 하얗게 덮어버린다. 지워버린다. 기쁨이든 슬픔이든, 사랑이든 미움이든, 환호이든 절규이든, 가볍든 무겁든 얼룩진 세상을 백지처럼 '리셋' 시켜 버린다.

살아가면서 뒤돌아보면 지우고 싶은 일이 얼마나 많은가. 지우개가 있으면 다 지워버리고 싶은 실수, 실족, 잘못이 한두 가지가 아니다. 하지만 삶의 흔적은 지울 수가 없다. 현재의 어느 모퉁이엔가 그대로 남아있다. 그렇다고 다 지난 과거에 발목이 잡혀 있을 수는 없는 일이다. 과거를 되돌아보고 얻은 깨달음을 가지고 지금부터 잘 살아가는 것이 중요하다. 그게 우리에게 주어진 유일한 시간 활용법이기 때문이다. 현재와 미래를 잘 살자. 그리고 과거는 흘려보내자.

지우개

박박 지운다
밀려 나오는 마른 때
사라짐에 대한 저항

박박 지우려한다.
밀린 만큼 더 또렷해지는 반란
마음에 박힌 화석은 완강하다.

심장의 노트는
찢어서 버려야 하나보다.

큰 : 인천 거잠포 2013. 04. 27(토)
작은 : 서울 종로 2013. 01. 27(일)

지킬 가치는 지키자!

갈매기와 비둘기이다. 아무리 날개 짓이 지쳐도 새들은 날개를 접고 쉬는 순간에는 우아한 자태로 의연하게 쉬는 모습이다. 소나 개처럼 드러누워 바닥에 뻗어버리는 흐트러진 모습을 찾아볼 수가 없다.

우리는 살면서 끊임없이 크고 작은 타협들을 해간다. 현실을 원만하게 살아가기 위해 불가피한 선택이다. 하지만 선, 정직, 공의 같은 핵심적 가치들의 경우엔 이야기가 달라진다. 어느 선까지는 뒷걸음질 할 수도 있겠지만 넘어서는 안 될 중요한 선이 있다. 타협을

해서는 그 가치를 잃어버리는 배수진의 선이다. 예컨대 돈을 많이 벌기위해 양심을 팔거나 법을 어기는 일을 해서는 안 되는 것 같은 일이다. 이런 가치는 타협을 안 해서 현실적으로 어려움을 겪을 수도 있다. 하지만 그 가치를 지키려 담대하게 나아가는 모습은 얼마나 의미 있는 일일까.

지켜야 할 중요한 가치는 설사 대가를 치르더라도 지켜보자. 살아가는 동안 사회가 나아지는 데 작은 벽돌이라도 하나 더 얹어야 하지 않겠는가.

한강 2013. 01. 01(화)

'닻' 과 '돛' 구별하기

'닻' 과 '돛' 을 잘 구분하는 게 지혜인 것 같다. 닻을 내리고 잠시 멈춰야 할 때 돛을 올린 상태로 계속 가거나, 돛을 올리고 앞으로 나아가야 할 때 닻을 내리고 멈춰 서있는 잘못을 쉬 범할 수 있다.

언제 돛을 올리고 닻을 내려야 하는지 그걸 어떻게 알 수 있을까. 정답이나 기준이 있을 수 없다. 다만 실수를 뒤돌아보면서 깊게 생각하지 않고 즉흥적으로 움직였을 때, 멀리 보지 않고 눈앞의 것에 집착했을 때, 중요한 가치를 지키기보다 실리를 움켜쥐려했을 때가 많았다. 실수 없는 삶이 어디 있겠냐마는 점점 실수를 줄여가야 하지 않겠는가.

인천 을왕리 해수욕장 2013. 03. 01(금)

믿음, 생각, 이상과 현실이 일치하면 평안한 한 평생이 될 것이다. 그런데 어디 그런가. 둘 사이의 간격은 우리가 호흡하는 동안 항상 가슴앓이의 근원이 된다. 사랑, 인내, 배려, 성숙 같은 중요한 가치를 덕목으로 삼고 살아가고 싶은 게 삶일 것이다. 현실은 그리 녹녹치 않다. 미움, 조급함, 이기심, 다툼 등이 삶의 다른 한 자리를 분명히 차지하고 있다. 우린 그 틈바구니에서 아파하고 갈등하고 고뇌의 밤을 보내기도 한다. 아무리 거센 바람이 물어도 묵묵히 그 자리를 지키는 나무들과 무엇이 몰려오든 결국은 단단한 모습으로 솟아나는 바닷가 바위들을 '삶의 역할 모델로 삼아보자. 내 문제가 무엇인지를 잊지 않는다면 나아질 여지는 항상 존재하는 것이다. 실천의 발걸음만 내딛는다면.

나무와 바위

바람 훅훅
불어대는 곳 있는가 하면
뿌리 힘 단단히 주고
다 받아주는 나무도 있다

물 부어대느라
바쁜 곳 있는가 하면
토할 듯 물 먹여도
충혈된 삶 깊게 박이 다 받아주는 바위도 있다

마음은 나무, 바위이고 싶은데
자꾸 뒤돌아보며 무언가에
손 끌려가는 고장 난 걸음

서울시 중구 2013. 04. 28(일)

맞바람이 준 교훈

때로는 굵게, 때로는 가느다랗게, 똑바로 또는 굽어서도 하늘로만 솟는 그 몸짓. 바로 그 끈기에 존재의 의미가 깊게 패여 있다.

위로 커가기 위해 나무들은 얼마나 많은 맞바람을 견뎌내야 했을까. 거센 바람을 맞으며 자전거 라이딩을 해보면 몇 가지 교훈을 얻게 된다. 그 상황에서는 속도는 별다른 의미가 없으며 목적지를 놓치는 않는 방향이 중요하다. 앞으로 나아가기가 쉽지 않기 때문에 불필요하게 멀리 보기보다 바로 눈앞에 집중하게 된다. 나무가 차근차근 몸을 밀어 올리듯. 또 바람을 뚫고 나가기 위해서는 공기 저항을 줄이기 위해 몸을 움츠려야 한다. 어려운 고난의 상황에서 마음의 근육을 단단하게 수축시켜야 하는 것과 같은 이치이다.

미사리 조정경기장 2013. 02. 16(토)

각도, 방향이 맞는가?

미사리 조정 경기장 안의 조형물이다. 멋있는 숙녀가 아름답게 포장된 선물을 왼 손에 들고 서있다. 노을 지는 무렵 햇빛이 그 선물 위로 떨어지는 각도를 잡아 사진을 찍었다. 나온 사진을 보니 실제보다 더 멋져 보였다. 이 사진의 핵심은 조형물과 햇빛의 각도를 잘 맞췄다는 것이다. 그 결과 햇빛이 선물을 비추거나 햇빛 자체가 상자 안에 들어가 있는 선물 같은 느낌을 준다.

자주 얘기되는, 삶에 있어서의 방향의 문제를 다시 한번 깨닫게 해준 사진이다. 우린 삶에 매몰되다 보면 속도에만 신경을 쓰게 된다. 하지만 빨라야 얼마나 빠르겠는가. 지구가 스스로 도는 자전 속도는 일 초에 416 미터, 지구가 태양 주위를 도는 공전 속도는 일 초에 29km이다. 빠를수록 방향이 잘못될 경우 수습하기가 더 어려워진다. 올바른 방향으로 잘 잡고 살아가자. 수시로 방향이 맞는지 잘 점검해보자,

영등포 당산동 2013. 02. 04(월)

습성의 꺼풀이 벗겨지면

이 사진에서 눈이 없다고 생각해보자. 평범하기 짝이 없는 빌딩들이 줄서있는, 무질서해 보이는 동네 골목길. 전선줄들은 얼기설기 엉켜있고 노상 주차 차량들도 한 공간을 차지하고 있다. 폭설이 내렸다. 가느다란 전선줄의 좁은 공간에도 눈이 포장지처럼 덮였다. 멋진 설경이 펼쳐졌다. 눈 하나가 이곳을 아름답게 한 것이 아니다. 이미 그 안에 아름다움이 있었는데 눈이 두드러지게 한 것이 아닐까

고정 관념에 얽매이면 숨어있는 본질을 보지 못한다. 습관적인 관점은 시선을 왜곡시킨다.

양파를 보자, 한 꺼풀 한 꺼풀 벗겨나가도 잘 모르겠다는 의미로 쓰이지만 그건 사람 생각이고, 양파는 처음부터 끝까지 한결같은 것이다. 가다가 씨앗이든 뭐든 감춘 것 없이 정직하다.

촉새는 어떤가? 정치권에서 부정적 의미로 쓰였다. 자그마하고 멋진 새다, 좀 자주 운다고 해서 말 많고 가벼운 사람은 촉새로 나쁘게 얘기해 온 것이다. 자주 우는 게 촉새만인가. 개는? 사람은? 오히려 촉새들이 '사람 같은 새'라는 말을 써야 하지 않을까. 우린 말로 얼마나 서로를 다치게 하는가. 촉새는 아름답게 울 뿐이다.곰도 마찬가지이다. '곰 같은 놈' 그러는데 곰이 억울해서 떼굴떼굴 구를 일이다. 곰이 백 미터를 얼마에 뛸까? 8초다, 미국이나 캐나다 국립공원에 가면 곰을 만났을 때 대처법을 알려준다, 행여 느리다고 생각하고 뛰지 말란 얘기다. 그냥 죽은 척 하는 게 상책이라는 얘기도 들어있다. 앞으로 '곰 같은 놈'이란 말을 들으면 재빠르다는 칭찬으로 알아듣자.

큰 : 올림픽대교 2013. 04. 27(토)
작은 : 성산대교 2012. 08. 29(수)

밤을 잘 보내면 낮이 괜찮다

한강 다리 중 야경이 가장 멋진 곳 중의 하나인 올림픽 대교와 성산 대교이다. 한강은 말 그대로 하늘이 준 선물이다. 스치는 바람 속에 한강 경치 속에 빠져 한 두 시간 정도 자전거를 타다보면 입에서 저절로 "행복하다"는 소리가 나온다.

한강은 새벽이면 새벽, 낮이면 낮, 밤이면 밤대로 맛이 다르다. 아침에 싱그런 모습으로 눈 뜨는 한강, 도시의 부산한 모습에도 요동치 않고 묵묵히 흐르는 낮의 한강, 강변 양측에 늘어선 아파트 불빛을 머금고 은은하게 빛내며 쉴 자리를 찾아가는 밤의 한강. 몸과 마음에 쉼과 에너지를 주는 젖줄이다.

밤의 한강에 나가 보자. 일상의 들뜬 먼지가 가라앉는 밤에 한강의 야경을 즐기며 어수선하게 얽힌 생각의 가닥을 잘 정리할 수 있다. 사소한 것에 집착했던 마음과 이린 지린 실수와 잘못에 대한 아픔을 강물에 띄워 보내자. 사실 낮에 얼마나 잘 지낼 수 있느냐는 밤에 얼마나 잘 자신을 숙성시킬 수 있느냐에 달려있다. 밤을 잘 보내면 낮도 잘 보낼 수 있다.

동작대교 2013. 02. 09(토)

평균 키우기보다 진폭 줄이기

동작대교 위에서 해질 무렵에 내려다 본 한강이다. 햇빛이 녹아든 금빛 물살, 그리고 그 위에 드리워진 입간판의 그림자. 그 순간의 풍경에서 삶의 단면을 보았다. 우리 삶은 끝도 없이 흐르는 시간이라는 물결 위에 잠시 드리워진 그림자일지도 모른다. 한 순간에 잠깐 그림자 자욱 남기고 시간의 물결이 흘러가면 아주 작은 점같은 흔적만 남기고 가는 삶.

그 찰나 같은 그림자 안에서 양을 늘리고, 키를 키우는 것 같은 '평균'을 크게 만들려는 삶을 우리는 살아가고 있다.

넓은 집, 넓은 차, 숫자가 자꾸 커지는 통장 잔고 같은 물량적 삶 말이다. 양과 크기의 문제를 도외시하고 살아갈 수는 없다. 하지만 양과 크기는 마음과 생각의 물결 위에 떠있는 조각배가 아닐까? 그 물결이 거세게 일고 파도가 치면 순식간에 흔들려버리는 사상누각같은 것이 아닐까? 마음과 생각의 물결이 잔잔해야 양과 크기의 조각배도 의미가 있을 것이다. 물결이 요동치기보다 잔잔한, 즉 왔다갔다하는 폭이 작은 삶의 의미가 더 큰 것이다. 평균만 키우려하지 말고 분산과 진폭을 줄이는 삶이 그래서 중요하다.

광화문 광장 2013. 04. 27(토)

봄은 바라 '봄' 이다
— 눈길이 쉬어가는 봄길

일반적으로는 그냥 꽃으로 화면을 가득 채워 찍기 십상이다. 그런 밋밋한 사진
보다는 꽃을 하단과 좌측으로 빌어낸 다음 노로 중앙을 나서시 공간에 채우고
희미하게 처리했다. 꽃의 아름다움이 더 선명하게 부각되고 아웃포커싱된 여백
은 사진의 깊이를 더해주고 있다. 구도를 잡은 다음 꽃은 살리고 나머지는 버린
셈이다.

잘 버리는 게 중요하다. 필요한 것을 선별해서 집중하고 나머지 군더더기는 버리
면 더 아름다워짐을 사진에서 배운다.

느낀 후 배운다

하늘이 빚어낸 예술, 꽃. 특히 꽁꽁 얼어붙은 겨울에 동사하지 않고 생명을 이어가다 봄에 밀어 올리는 꽃망울은 기적이다. 우린 자연이 주는 이런 아름다움을 느낌으로, 감성으로 즐긴다. 지식으로 느끼는 게 아니다. 좋아지다 보니 이게 이름이 뭔지, 어떤 특성을 가지고 있는지를 알게 되는 것이다.

사람이 만든 인공적 예술도 마찬가지라고 생각한다. 음악이든 그림이든 다 알고나서 '이게 제일 좋더라' 하는 식으로 되는 게 아니다. 그게 어떤 것이든 자신에게 맞는 것에 노출되는 때가 있고 그 순간 받은 감동으로 예술 감상의 세계에 발을 들여놓게 되는 것이다. 머리로, 지식으로 전문가가 돼야 예술은 아는 것이라고 주장하는 분들도 계시다. 감상이란 측면에서 보면 잘못된 접근방식이라고 생각한다. 느끼면서 아는 것이지 많이 알고 난 후에 느끼는 게 아니다. 오히려 구구절절 많이 아는 게 장애물이 될 때도 있지 않은가.

감성의 문을 활짝 열어 예술 작품에 공감의 주파수를 쏘아올리자. 삶을 풍성하게 살아가는 한 가지 방법이다.

광진교에서 바라본 한강 2013. 03. 02(토)

한강놀이

마음

물살에 먼저 띄워 보내놓고

그 발자국 따라

천천히 흘러간다

눈빛

구름에 높이 태우고

연줄로 묶인 심장

바람에 싱싱 날린다

인생

햇빛에 쬐이고 말려서

황태처럼 바삭바삭

가볍게 시간을 유영한다

한강은 하늘이 내린 축복이다. 이렇게 넓고 긴 강이 도심을 가로지르면서 삶의 젖줄 역할을 한다. 흐린 날이든 맑은 낮이든, 밤이든 낮이든 언제 나가봐도 한강은 마음 속 찌꺼기의 하수 방류를 다 받아준다. 그리고 그 빈 자리로 멀리서부터 제 몸으로 안아 가져온 싱싱한 에너지를 채워준다.

한강대교 2013. 04. 27(토)

치장 없이 있는 그대로의 모습으로도 멋지다.

덮개 없이 맨몸으로 바람에 맞서며

제각각 다른 표정을 지닌 나목.

구석구석 흐르는 내공이 돋보인다.

양수리 두물머리 2013. 05. 01(수)

하늘과 물이 농익어 만나는 두물의 접점. 마음이 그 점을 이어가며 싱싱 달린다.

우리

누군가의 도움을 받고 누군가를 돕는다.

인천 동막해수욕장 2013. 04. 27(토)

우리

'나' 너무 내세우지마

'ㅏ' 가 자꾸 날 상처 내잖아

'너' 라 너무 그러지마

'ㅓ' 가 밀어낸 만큼 멀어지잖아

'ㅏ' 'ㅓ' 둘 다 세워보자구

같이 등대고 선 'ㅜ' 멋지잖아

'우리' 로 일어서잖아

'우리' 라는 말 정겹고 고운 말이다. 우리말에 독특한 특성이 하나 있다. '우리 마누라' '우리 아들' 같은 표현이다. 분명히 자신의 부인이나 자식인데 '우리' 로 말을 한다. 문자 그대로이면 말이 안 된다. '우리 와이프' 같은 표현은 큰일 날 말이다. 하지만 이 말을 어느 누구도 'our wife' 로 받아들이지 않는다. 자신을 내세우지 않고 상대를 배려하는 마음이 녹아 있는 듯하다.

그런데 '진정한 우리' 는 그걸 실현해 내기가 쉬운 것이 아니다. '나' 의 관점에서 바라 본 '우리' 를 공동의 '우리' 로 착각하는 경우가 많다. '나' 가 무뎌지고 '너' 가 무뎌져야 비로소 '우리' 의 물꼬가 열린다는 점에서 '우리' 를 만들어 가는 건 평생을 걸어가는 수련의 과정인지도 모르겠다.

인천 동막해수욕장 2013. 02. 23(토)

요철 맞추기

빽빽한 숲보다

듬성듬성한 수풀이 좋다

내 발걸음

보탤 여지가 있어서

딱딱한 사람보다

푸석푸석한 사람이 좋다

같이 손잡아

단단해질 수 있어서

꽉 찬 보름달보다

빈 구석 많은 초승달이 좋다

내 눈빛으로

메워줄 수 있어서

살아가면서 겪는 대부분의 어려움은 사실 일이 아니라 인간관계이다. 일이야 아무리 어려워도 이 악물고 헤쳐 나가면 웬만한 건 할 수 있게 돼있다. 그런데 관계는 움직이는 표적처럼 생각을 하고 감정이 있는 상태와 요철을 맞추는 일이어서 여간 어렵지가 않다. 연인, 부부, 동료, 상사, 하급직원, 거래처 등등 만만치 않은 관계들 속에서 우린 살아간다.

관계는 첫 대면에선 수면 위로 드러난 일부를 가지고 맺어진다. 문제는 그 다음부터다. 수면 밑에 숨겨져 있는 대부분의 덩치를 가지고 서로 요철을 맞춰가는 쉽지 않은 과정이 기다리고 있다. 상대가 오목이면 내가 볼록이 돼주고, 상대가 볼록이면 내가 오목이 돼주면 얼마나 좋겠는가. 같이 볼록이 되고, 오목이 되면서 마찰음이나 파열음이 들리는 것이다. 필자도 이 문제에 관한 한 반성할 게 많고 결코 잘해왔다고 얘기할 수 없다. 하지만 잘해보고 싶다. 옆의 시는 누가 됐든 상대를 향한 소망이라기보다는 상대가 원하는 모습일 수도 있다. 푸석푸석해지려 노력해보자.

홀로 잘 서야 함께 갈 수 있다

믿었던 사람의 등을 보거나
사랑한 이의 무관심에
다친 마음 펴지지 않을 때
섭섭함을 버리고 이 말을 생각해보라

누구도 혼자이지 않은 사람은 없다.

김재진 시인의 '누구나 혼자이지 않은 사람은 없다'의 앞부분이다. 같이 걸어가고 있는 것 같지만 결국은 안개 자욱한 삶에 우뚝 혼자 서야 하는 게 삶이다. 세상에 던져져 일정한 유효 기간 동안 맥박을 유지하며 살아가지만 어느 날 다시 세상 밖으로 던져지는 우리의 삶. 순간순간의 발걸음을 누구도 대신해 줄 수 없고 마지막에 홀로 먼 여행길을 떠나야 한다. 서로 기대돼 그 기댐에 너무 의존하지 말자. 각자 홀로 제대로 서야 그 기댐도 의미가 있는 것이다.

좌 : 경기도 가평 2013. 04. 27(토)
우 : 인천 을왕리 해수욕장 2013. 03. 01(금)

레바논의 대표적 작가인 칼릴 지브란은 말한다

함께 서있으라. 그러나 너무 가까이 있지는 말라. 사원의 기둥들도 서로 떨어져 있고 참나무와 삼나무는 서로의 그늘 속에선 자랄 수 없다.

- '예언자' 에서

서울시 반포동 2013. 01. 24(목)

피로 사회

어둠이 깔린 늦은 귀가 시간. 빨간 신호등에 걸린 잠깐의 시간을 활용해서 버스 정류장 쪽으로 셔터를 눌렀다. 엉성한 구도에다 군더더기가 많은 사진이지만 일상의 표정이 잘 담겨 있다.

일상에 지친 피곤한 기다림이 진하게 묻어난다. 끊임없이 무엇인가를 구매하라고 손짓하는 광고판을 뒤로 한 채 두 남성의 엇갈린 시선이 인상적이다. 묵묵히 버스가 시야 안에 들어오기를 기다리는 모습과 고개 들어 어두운 밤하늘을 올려 보는 모습. 이 엇갈리는 세 개의 시선들이 우리 삶의 한 단면일 것이다.

'피곤한 시대'에 우린 살고 있다. 재독철학자인 한병철 교수는 자신의 저서 '피로사회'에서 현 시대를 이렇게 정의한다. "자기 착취는 신자유주의적 자본주의의 기본 원리로서... 사람들은 완전히 망가질 때까지 자기 자신을 자발적으로 착취하고 있다" "우리 문명은 평온의 결핍으로 인해 새로운 야만 상태로 치닫고 있다. 활동하는 자, 그러니까 부산한 자가 이렇게 높이 평가받는 시대는 일찍이 없었다." 그는 니체의 해법을 제시한다. "어떤 자극에 즉시 반응하지 않고 속도를 늦추고 중단하는 본능을 발휘하는 법을 배워야 한다."

창의성이 강조되고 인문학이 중요시되는 시대이다. 분주함은 창의성을 죽이는 독약이다. 번득이는 아이디어는 여유, 여백의 시간이 만들어 주는 선물이다. 제조업적 근면성의 시대는 저물고 있다.

잠실 2013. 04. 29(월)

더 많이 사지만 덜 즐긴다

고층 아파트가 들어선 한강변. 아파트 하면 떠오르는 일이 있다. 한 중학교에 가서 경제에 대해 강연을 한 적이 있었다. 강연을 마치고 학생들의 질문을 받았다. 당연히 경제에 대해 궁금한 점을 물어볼 것으로 기대를 했다. 하지만 내용이 충격적이었다. 세 명이 질문을 했는데 "어느 아파트에 사세요?" "연봉은 얼마예요?" "차는 어떤 걸 모세요?"였다. 어린 학생들 입에서 듣기에 민망한 질문들이 다였다. '돈, 돈, 돈' 하는 사회 풍조가 동심조차 멍들게 한 것이다.

당연한 얘기지만 돈을 경원시하고 멀리할 필요는 없다. 하지만 돈이 목표가 돼버리는 것 또한 삶을 황폐하게 한다. 노벨경제학상 수상자인 대니얼 커너먼 교수팀의 연구결과를 보면 연 가계 소득이 7만 5천 달러를 넘어서면 소득이 늘어도 더 이상 행복해지지 않는다고 한다. 돈이 최대의 목표가 될 필요가 없는 이유를 설명해준다.

무어헤드라는 사람이 쓴 글을 소개한다. 같이 생각해보자. 뭐가 잘못됐는지.

"빌딩은 더 높아졌지만 인내심은 더 낮아졌다. 고속도로는 더 넓어졌지만 시야는 더 짧아졌다. 더 지출하지만 더 적게 소유한다. 더 많이 사지만 덜 즐긴다."

서울 시청 앞 2013. 04. 27(토)

내가 알고 있는 걸
당신도 알게 된다면

간단치 않은 삶의 여정에서 누구나 무거운 짐을 두 어깨에 지고 간다. 고통, 고난이 사람을 단련하는 연단의 과정인 것은 분명하지만 그 속에서는 쓴 뿌리를 먹는 것과 같은 아픔을 참아내야 하는 것은 불가피하다. 아픔과 그걸 참아내는 인내를 먹고 사람은 자라기 때문이다.

어떻게 하면 지혜로운 삶을 살 수 있을까. 미국 코넬대학의 칼레머 교수가 쓴 '내가 알고 있는 걸 당신도 알게 된다면' 이라는 책이 있다. 칼레머 교수는 '인생의 성공과 행복에 관한 수많은 책들과 강연의 홍수 속에서 살아가면서도, 왜 우리는 여전히 불행한가?' 라는 의문을 갖고 5년에 걸쳐 천 명이 넘는 70세 이상의 각계각층의 사람들을 인터뷰했다. 그

들이 되돌아 본 삶을 통해 말해준 결혼, 직업, 육아, 행복 등에 대한 설득력 있는 지혜를 이 책은 담고 있다.

책에 나온 한 구절을 소개한다.
"사랑하는 일을 찾게. 잘할 수 있는 일을 하게. 행복한 일을 찾게. 돈 때문에 직업을 선택해서는 안 되네. 나는 돈을 얼마 벌지 못했어. 가장 중요한 건 말이야, 사랑하는 일, 매일 하고 싶어 설레는 일이 무조건 직업이 되어야 한다는 거지" 하지만 즐겁게 할 수 있는 찾는 게 그리 쉬운 것도 아닌 게 현실이다. 그래서 이 책에 나오는 이 말도 귓가에 맴돈다. "자신이 좋아하는 일을 할 수 없는 상황이라면, 지금 하고 있는 일에서 가치를 찾아라."

한강철교 2013. 02. 03(일)

겨울 그대

그대 오늘은

눈으로 오시네요

밤안개 가득 채워

하늘 적시더니

그 상념 무게 겨워

내게 내리네요

눈꽃 그 밧줄 당겨

내 눈망울 봉화로 올립니다

한기 밀치고 눈 자리 비워

새 싹으로 만났으면…

영종도 국제공항 부근에 거잠포라는 곳. 작은 섬 매랑도 위로 떠오르는 일출이 아름답다고 해서 꼭두새벽에 출사길에 나섰다. 구름이 많이 낀 날씨여서 일출 촬영에는 실패했다. 흐린 바다였지만 나름대로 차분한 분위기로 아쉬움을 달래 주었다. 시간이 좀 흐르자 구름의 키를 넘어 햇빛이 쏟아지기 시작했다. 물결을 헤치고 있는 조각배들의 등을 밀어주며 햇빛은 바다를 데우고 있었다.

누군가를 우리에게 온기를 부어주고 있다. 하나님, 부모님, 가족, 친구, 동료들. 그 온기를 동력으로 삼아 삶이라는 바다 위로 우리는 매일 출항을 한다. 나도 누군가에게 따뜻한 삶의 기운을 북돋아주는 파이프라인이라면 얼마나 행복한 삶인가. 하늘에서 내려오는 온기를 세상에 그대로 전할 수만 있다면 얼마나 감사하고 의미 있는 삶인가. 살다보면 냉기가 온기를 가로막을 때도 있다. 성인군자가 아니니까. 하지만 결국은 온기의 빗장이 열리도록 하자.

인천 거잠포 2013. 04. 27(토)

홀로 데워지지 않는다

바다는
스스로 뜨거워지지 않는다.

뱃길이 열어준
살갗 틈 사이로
햇빛 파고든다

보글보글
끓기 시작한다.

그대가 들춰줘야
나도 데워진다.

난지 한강공원 2013. 01. 18(금)

좋은 멘토의 중요성

한 겨울에 한강 난지 공원에 갔다가 추운 날씨에도 불구하고 벤치에 앉아 오순도순 대화를 나누고 있는 한 부부를 발견했다. 좋아 보였다. 추위를 녹이는 온기가 느껴졌다. 서로 기대며 멘토와 코치가 돼주는 관계. 아름다운 모습이다.

우리는 살아가면서 멘토나 코치가 필요하다. 혼자 헤쳐가기엔 쉽지 않는 세월이기에 옆에서 자신이 보지 못한 점들을 짚어주면서 조언, 격려, 때로는 채찍질도 해주는 '삶의 도우미'들이 있는 게 바람직하다.

육상선수이자 연기자, 패션모델로 유명한 에이미 멀린스를 보자. 그녀는 선천적으로 종아리뼈 없이 태어나 의족을 써야했다, 스포츠를 좋아한 그녀는 스무살 무렵에 최대 스포츠 대회인 'Big East'에 출전했다. 백 미터 달리기 경기에서 15미터 남기고 의족이 빠지는 사고가 발생했다. 늘 밝은 그녀였지만 관중 앞에 자신의 다리가 드러나자 당황스러워하며 코치에 경기포기를 요청했다. 그 때 코치의 한마디. "뭐 어때서. 다시 끼우면 되잖아. 일어나서 달려" 정신을 번쩍 들게 한 그 한마디에 그녀는 다시 일어나 달렸다. 몇 달 후 그녀는 애틀랜타 장애인 올림픽에서 백 미터를 16.70초에 달려 대회 신기록을 달성했다. 의족이 빠졌다는 이유로 경기를 포기했다면 대회 신기록의 영광도 없었을지 모른다. 멘토나 코치의 중요성을 잘 말해주는 사례이다.

우면산 2013. 01. 12(토)

누군가의 도움을 받고 누군가를 돕는다

누군가 나무를 심고, 누군가 키우고, 누군가 잘라내고, 누군가 이 나무가 일으킨 불기로 몸을 녹인다. 우린 서로 좋은 인연으로 연쇄적으로 고리가 물려 있다.

동물의 세계도 마찬가지이다. 도가머리 딱따구리는 죽은 나무에 큰 구멍을 뚫어서 집을 만든다고 한다. 문제는 죽은 나무를 어떻게 구할 것인가이다. 자연스럽게 죽은 나무를 우연히 만나야 하지만 이건 요행에 너무 의지하는 것이다. 이 때 우군으로 등장하는 것이 비버. 비버는 끊임없이 나무를 쓰러뜨린다. 도가머리 딱다구리는 비버가 분양해준 나무에 무상으로 입주해서 사는 셈이다. 딱따구리는 싫증을 쉽게 느껴서인지 일년 정도 살고나면 이사를 한다. 이렇게 둥지가 비면 명금이 딱따구리의 체온이 남은 이 곳을 둥지로 다시 재활용한다.

여의도 샛강공원 2013. 03. 08(금)

가장 선한 것도 가장 악한 것도 '혀'

오리 두 마리가 뭔가 대화를 나누고 있다. 어울려 노는 게 귀여워 셔터를 눌렀다.

대화하고 생각하고 쓰고 읽고 하는 모든 것이 말이다. 언어를 떠나선 소통은 물론 사고조차 가능하지 않다. 이왕 필수불가결하게 써야하는 말이면 세상을 아름답게 하고 생산적인 방식으로 사용하면 좋을 것 같다.

왕이 신하 두 명에게 각각 다른 임무를 줬다. 한 명에게는 "세상에서 가장 선한 것을 찾아와라" 했고 다른 한 명에게는 "세상에서 가장 악한 것을 찾아와라"고 명령했다. 두 사람의 답은 같았다. "혀" 정말 말 그대로 입에서 나오는 말은 가장 선할 수도 가장 악할 수도 있다. 시인 하인리히 하이네의 말이다. "말이 가진 힘이란 죽은 이를 무덤에서 불러낼 수도 있고 산 자를 땅에 묻을 수도 있다. 소인을 거인으로 만들 수도 있고 거인을 완전히 망가뜨려 없애버릴 수도 있다" 천년만년 사는 것도 아니고 유통기한이 있는 삶. 그 삶의 씨줄과 날줄인 말. 가급적 다른 사람을 일으켜 세우고 세상을 아름답게 만드는 말을 많이 쓰기 위해 노력하자. 성인군자가 아닌 이상 항상 이렇게 살아가긴 쉽지 않지만 입과 혀를 정화시키려고 노력하는 모습이 아름답지 않을까.

경기도 가평 2013. 03. 09(토)

여백의 미

산새 한 마리가 나뭇가지에 앉아 멋진 자세로 세상을 굽어보고 있다. 이 사진의
포인트는 뒤의 산이 여백의 배경이 돼주면서 산새를 돋보이게 하는 데 있다.

도종환 시인은 '여백' 의 아름다움을 이렇게 표현하고 있다.

언덕 위에 줄지어 선 나무들이 아름다운 건
나무 뒤에서 말없이
나무들을 받아 안고 있는 여백 때문이다

여백이 없는 풍경은 아름답지 않다.
비어 있는 곳이 없는 사람은 아름답지 않다
여백을 가장 든든한 배경으로 삼을 줄 모르는 사람은

남산타워 2013. 01. 20(일)

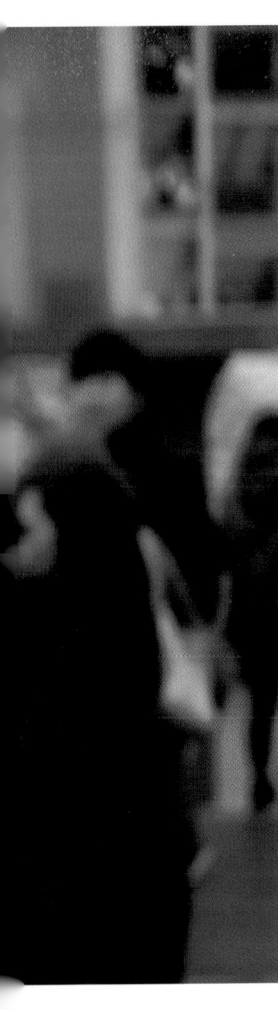

가둬둔 행복

서울 N 타워에 올라가보면 연인들이 사랑의 언약으로 매달아 놓은 자물쇠 장식이 가득하다. 굳은 맹세를 표현한 상징이다. 하지만 열쇠로 서로가 서로를 잠궈 놓으면 정말 행복할까.

서로를 신뢰하며 느슨하게 묶여 상대에게 독립적 공간을 허용하는 관계가 더 오래 가는 건강한 관계라고 생각한다.

영등포 2013. 04. 27(토)

모이면 아름답다

차장에 내리는 비가 불빛과 어우러져 빚어낸 모습을 담았다. 비 오는 날 밤, 정차 상태에서 차창의 윈도우 브러시를 잠시 작동하지 말고 빗물이 그대로 떨어지게 내버려 둬봐라. 그리고 내린 빗물들이 눈앞의 빛들과 함께 협연하는 모습을 즐겨 봐라. 자연과 인공의 합작품은 묘한 맛을 남긴다.

낱개는 좀 볼 품 없어도 많은 수가 모이면 아름다움이 된다. 함께 가면 되는 것이다.

전주 경기전 2013. 02. 11(월)

모두 중요하다!

전주 경기전에 있는 한옥 건물이다, 이 사진을 보자. 한옥과 풍경이 어우러져 멋진 사진 한 장을 만들어내고 있다. 한옥, 나무들, 땅, 파란 하늘, 그 위의 솜털 구름. 어느 하나 버릴 것 없이 서로 어우러져 아름다운 조화를 이루고 있다.

생뚱맞은 질문. 오케스트라 단원들은 악기에 따라 급여 차이가 있을까? 언뜻 생각해보면 콘서트 내내 연주하는 바이올린이 제일 수고비를 많이 받아야 할 것 같다. 그런데 한 번 들여다보자. 클라리넷 등 관악기는 입술과 호흡으로 연주를 하기 때문에 현악기보다는 잦은

휴식이 필요하다. 타악기는 자주 연주하지 않지만 역으로 그런 이유로 단 한 번의 실수가 치명적일 수 밖에 없다. 고도의 집중력과 긴장감이 요구되는 파트이다. 이런 이유로 오케스트라의 모든 단원은 악기의 차이를 이유로 급여가 달라지지 않는다. 모두가 중요한 역할을 하며 조화롭고 아름다운 음악을 만들어내는 데 한 몫을 하는 것이다.

사진에서 각각의 구성요소들이 제각각 중요한 역할을 하며 전체 풍경을 떠받드는 역할을 하는 것과 같은 이치이다.

파이낸스센터 2013. 04. 28(일)

질서의 멋

기와로 나름대로의 질서를 부여하며 만들어진 실내 장식이다. 새로운 것을 만들어 내는 산고의 과정이라는 점에서 무질서 자체를 경원시 할 이유는 없다. 하지만 질서가 아름다운 것은 사실이다. 정해진 규칙을 반복해가며 만들어 내는 질서의 멋, 편안하다.

이런 질서에 비해 무질서는 어떨 땐 참 처참하다. 1999년 6월경 미국으로 유학을 떠나기 전에 서울 반포지역에 있는 이수교 사거리에서 밤에 목격한 일이다. 신호등이 고장 나자 사방에서 직진 또는 회전하는 차량들이 몰려들어 완전히 차량들이 꼬인 상태가 됐다. 이 극도의 혼란 탓에 차량이 한 대 한 대 겨우 빠져나가면서 꽈배기처럼 꼬인 차량들이 다 빠져나가기까지 날이 새야 했다. 무질서가 운전자들에게 준 대가였다.

한 달 후 유학을 위해 미국 워싱턴주의 시애틀에 도착했다. 이후 한 달 정도 후 신호등이 고장되는 똑같은 상황을 목격했다. 시민들의 반응은 놀라웠다. 운전 수칙에서 배운 대로 사거리에 먼저 도착한 순서대로 교통 순환이 이뤄졌다. 경찰도 없었고 누가 지휘하는 사람도 없었다. 질서 있는 시민의식이 보여준 멋진 모습이었다. 질서는 아름답다.

인천 동막해수욕장 2013. 02. 23(토)

듣는다면서 더 말하는 모순

사람이 드문 겨울 바닷가. 홀로 걸었다. 주름 지으며 밀려오는 파도 소리를 듣는다. 뭍에 닿은 파도가 바위와 반갑게 포옹하는 소리가 철썩 철썩 귀청에 와 닿는다. 하늘을 맴돌며 경치 구경에 신이 난 갈매기 소리도 아름다운 바닷가 음향의 한 주파수이다. 듬직하게 자리 잡고 터를 지키는 바위, 먼 바다 망보느라 뒷꿈치 세운 나무. 제각각 잡자기 나타난 손님이 반가와 말을 걸고 나는 귀를 연다.

자연과 만나면 듣는 게 이리 좋은 데 사람이 나타나면 상황이 달라진다. 귀는 닫히면 입이 활짝 열린다. 웬만큼 수양이 되지 않은 사람이면 듣기보다 말하기를 훨씬 좋아한다. 한 기업 임원에게 회의 때 많이 듣는지를 물었더니 "그렇다"고 대답했다고 한다. 그래서 한 직원을 통해 실제 체크를 해봤다고 한다. 결과는 어땠을까? 70% 이상을 본인이 얘기하더라는 것이다. 본인은 듣는다고 생각하는데 정작 실제는 주로 말하는 편이었던 것이다. 한 CEO가 자기 회사를 아주 좋게 표현한 책을 썼다. 우연히 그 회사에 일한 적 있는 한 분을 만나게 돼 그 CEO 칭찬을 했다. 그랬더니 그 분의 반응이 의외였다. "주말에 회의 소집해놓고 혼자 계속 얘기하니 회사가 좋겠지"

이런 경우가 많은 것이다. 필자도 듣는 데 익숙하지 못한 것 같다. 솔직히 말이 왜 그렇게 하고 싶은지. 더 듣는 훈련을 해나가야겠다.

반포대교 부근 2012. 12. 30(일)

만인의 만인에 대한 뒷담화

새들도 뒷담화를 할까? 뒷담화는 아마도 인류 역사이래 사람들이 가장 재미있어 하는 대화일지 모른다. 대상이 되는 사람이 없는 안전한(?) 자리에서 제한 없이 험담을 하는 짜릿함이 더할 나위 없을 것이다.

지위 고하 남녀노소 막론하고 어느 누구도 뒷담화에서 자유롭지 못하다. 수도 없이 많이 뒷담화를 해보았을 것이고 또 자신도 모르게 뒷담화의 대상이 될 것이다. 만인의 만인에 대한 뒷담화이나.

사회가 존재하는 한 뒷담화가 없는 세상을 기대하기는 어려울 것이다. 누군가는 항상 비판, 비난, 험담의 대상이 될 것이기 때문이다. 남의 얘기를 하는 게 얼마나 흥미진진한가? 우리의 대화 중 남의 얘기가 얼마나 많은 비중을 차지하는가?

문제는 뒷담화가 과도할 경우 사람 간의 신뢰를 무너뜨리고 소통을 크게 해친다는 데 있다. LG 경제연구원의 연구 결과를 보면 뒷담화의 대상으론 상사가 가장 많고 다음으로 동료, 보직과 승진 불만 등 순으로 나타났다. 또 뒷담화 이후 대상이 되는 사람에 대한 신뢰가 흔들리거나 불안감이 높아졌다고 응답한 사람이 많았다.

영국을 대표하는 17세기 경험철학자 존 로크는 뒷담화에 대해 이런 조언을 했다. "수집은 하되 그대로 믿지는 말 것. 전달자의 의도를 체크하고 중요한 사실이라면 당사자에게 확인할 것. 못들은 척 하는 것이 최선의 전략이다"

서울숲 2013. 01. 01(화)

별을 처다보며 - 노천명

나무가 항시 하늘로 향하듯이
발은 땅을 딛고도 우리
별을 처다보며 걸어 갑시다.
친구보다
좀더 높은 자리에 있어 본댔자
명예가 남보다 더 뛰어나 본댔자
또 미운 놈을 혼내 주어 본다는 일
그까짓 것이 다아 무엇입니까?
술 한 잔만도 못한
대수롭잖은 일들입니다.
발은 땅을 딛고도 우리
별을 보며 걸어 갑시다.

관계 앓이

눈이 많이 내린 서울 숲이다. 사진만 보면 추위가 느껴지지 않는다. 따뜻한 분위기를 자아내는 등과 숲 색상의 조화 때문이다. 빛 하나로 겨울을 아늑하게 볼 수 있는 것이다.

사람을 보는 시선도 마찬가지 아닐까. 다산 정약용이 목민심서에 쓴 글을 보자. "밉게 보면 잡초 아닌 풀이 없고/곱게 보면 꽃 아닌 사람이 없되, 그대를 꽃으로 볼 일이로다/털려고 들면 먼지 없는 이 없고, 덮으려고 들면 못 덮을 허물없으되" 살다보면 이런저런 일로 사이가 나빠지는 관계들이 생긴다. 성격이나 생각의 차이, 이해관계의 상충 등 다양한 이유로 부정적인 감정으로 서로를 바라보는 불편에 상황에 놓이게 된다.

나이가 들면서 터득한 것은 사이가 안 좋은 사람에 대한 불만이나 감정을 그대로 두고 있으면 그 사람이 나 자신을 통제하게 내버려두는 어리석은 행위를 하는 것이라는 점이다. 적어도 나 자신이 그 사람으로부터 자유로워지기 위해 이뻐하지는 못할망정 적어도 나쁜 감정을 '분리수거' 하기 위해 노력하고 있다. 이것도 연습해나가면 점점 더 잘 되지 않을까 싶다. 쉽지 않은 일이지만 분노나 화의 노예로 어리석게 살아가지 않기 위해서는 자기 자신의 시선에 등불을 다는 수밖에 없다. 시인 노천명이 쓴 이 시에 지혜로운 마음이 다 녹아있다.

한강 2013. 02. 02(토)

'욱'은 마음의 '고름'이자 '감옥'

마음이 화로 부글부글 끓을 때가 있다. 판단력이 희미해지는 때다. 이 때 이 감정을 즉시 분출시키느냐 아니면 잔잔해질 때까지 참느냐는 매우 중요한 선택의 기로이다. 필자도 '욱'하는 성격이 있어 화가 치밀어 오르면 그 순간을 참지 못하고 뱉어내곤 했다. 문제는 한 순간 시원하게 성질을 낼 수는 있는데 이후에는 후회막급이라는 점이다. 자신의 허점은 허점대로 보이고 상황과 관계는 틀어질 대로 틀어져 아예 뒷수습이 안되는 경우도 있고 수습을 한다고 해도 시간이 적지 않게 걸린다. 잠깐 '욱'하고 그 부정적 파장의 꼬리는 길어지니 백 퍼센트 손해이다.

'욱'이라는 글자로 그 폐해를 풀어보자. '욱'을 뒤집으면 '농'이다. 한자로 '고름 농(膿)'을 적용해보자. '욱'하면 마음에 고름이 생기는 것과 다름없다. '욱'의 'ㅜ'를 뒤집어 'ㅗ'로 만들어 보면 '옥'이 된다. '감옥 옥(獄)'으로 보면 자신이 '마음의 감옥'에 갇히는 것이다. 화는 상대를 향한 것 같지만 사실에 자신에 큰 생채기를 남기는 부메랑이 된다.

'욱'치밀어 오르면 상대를 쳐다보지 말고 심호흡을 하거나 그 자리를 잠시 떠나자. 일단 식힌 다음 다시 진행하는 게 중요하다.

한강 2013. 04. 27(토)

새에게서 배우는 '상생'

동물의 본능이라지만 새의 공중 '협연'은 정말 아름답고 대견하다. 새들은 먼 길을 갈 데는 같이 움직인다. 항상 삼각 편대의 대형을 이룬다. 선두가 움직이는 방향을 모두 볼 수 있고 서로가 서로의 진로와 시선을 방해하지 않는 위치 설정이다. 선두와 꼬리 새 사이의 간격도 일정하다. 앞에 선 새가 맨 뒤의 새가 따라올 수 있도록 과속하지 않는다.

요즘 시대적 화두가 된 경제민주화와 동반 성장. 이런 모습의 대형을 가진 경제구조를 만들자는 얘기 아닐까? 대기업, 중견기업, 중소기업이 새처럼 서로를 배려하는 삼각 편대를 이루고 같이 움직이는 모습 말이다.

혼자 천 발자국 가는 것보다 천 명이 손잡고 한 발자국 가는 게 중요하다는 교훈을 새들의 비행 대형에서 배운다.

63빌딩 부근 2013. 04. 29(월)

현장에 답이 있다

바라보는 사람은 아슬아슬하다. 밧줄에 매달려 일손을 놀리는 자는 느긋하다. 현격한 시각의 차이다. 미국 유학 시절의 일이다. 한국에서 북한 문제로 위기가 조성되거나 민감한 이슈로 화염병 시위가 일어나면 한국 전역이 다 위험해 보인다. 하지만 정작 한국 국민들이 피부로 느끼는 불안감에 비해 외부의 위기감은 많이 과장된 경우가 대부분이다.

현장에 없기 때문이다. 답은 현장에 있다. 한 기업 같은 경우는 '우문현답' 이라는 말을 쓴다고 한다. '어리석은 질문에 지혜로운 대답' 이라는 한자성어

의 음만을 가져다가 '우리의 문제는 현장에 답이 있다' 는 의미로 재치 있게 쓴다고 한다. 현장에서 멀리 떨어진 책상에서는 답이 찾아지지 않고 실제 문제가 있는 그곳에 뛰어들어야 해답이 보인다는 말이다.

CEO들을 만나보면 최종적인 의사결정을 할 때는 데이터 보다는 직관에 의존한다는 분들이 많다. 책상머리에서 이뤄진 분석 결과보다는 현장에서 축적된 경험이 숙성돼 나온 직관이 더 해답을 주고 있는 것이다.

성수대교 부근 전망대 2012. 09. 25(화)

이젠 '재즈시대'이다

질서가 느껴지는가? 무질서가 느껴지는가? 사람마다 답은 다르겠지만 필자는 '질서 속 무질서' 라는 생각을 하게 된다. 밤이 오고 점등을 하는 건 정해진 질서이다. 하지만 어느 곳에서 어떤 등을 켤 것인가는 각자 알아서 하는 무질서라고 할 수 있다. 질서와 무질서가 잘 조화를 이루고 있는 게 우리 삶 아닐까?

음악 얘기를 해보자. 클래식은 질서, 재즈는 '질서 속 무질서' 라고 할 수 있다. 클래식은 정해진 악보가 있다. 모든 관현악기는 그 악보에서 정해진 질서를 벗어날 수 없다. 재즈는 어떤가? 기본 악보만 공유하고 나머지는 단원들이 알아서 현장에서 즉흥적으로 연주를 한다.

과거에는 사회든 경제든 개인의 삶이든 '클래식' 같은 질서의 틀이 전부였다. 하지만 이제는 창조성과 창의성이 강조되면서 기본 질서 속에서 재즈같은 자율성과 다양성이 더 중요한 가치로 부각됐다.

이제 정해진 답이 없는 시대다. 자신이 과정을 만들고 답을 보여주면 그게 길이 되는 시대다.

상암 월드컵 경기장 2012. 10. 13(토)

긴 노후 준비 정말 급한데…

아이들이 뛰놀고 있는 분수. 할아버지 한 분의 시선이 그곳에 고정돼있다. 이 분은 아이들과 분수를 보시고 계신 걸까. 자신의 과거, 현재, 미래를 보고 계신 걸까.

현기증 날 정도로 빠른 속도로 진행되고 있는 고령화이다. '호모 헌드레즈(Homo Hundreds)'. 이젠 수명 백세시대라는 말도 나온다. 그런데 이게 축복인가 재앙인가. 사회적으로나 개인적으로나 장수시대를 맞을 준비가 잘 돼있고 병마에 시달리지 않는 건강하고 안락한 노후라면 축복일 것이다. 하지만 의료비 지출이 본격화되는 은퇴이후 긴 노후. 많지 않은 월급봉투로 아이들 교육비로 '올인' 하느라 대부분의 사람들이 장수에 대한 준비는 턱없이 부족한 것으로 보인다.

준비되지 않은 불안한 노후는 축복이 아니라 재앙일 수 있다. '늦었다고 생각할 때가 제일 빠른 때' 라는 말이 있다. 이제부터라도 스스로 알아서 노후 준비를 시작하자. 사교육비 좀 줄이고 국민연금 꼬박꼬박 잘 들고 개인연금 저축도 하자. 가면 갈수록 정부 호주머니도 넉넉하지 않을 것이기 때문에 스스로 잘 준비하는 게 정말 중요하다.

전주 한옥마을 2013. 02. 11(월)

마음의 탯줄, 고향

슬로우 시티이자 비빔밥의 맛 고장 전주. 국제 영화제가 열리는 영화의 도시이기도 하다. 투박한 사투리에 순박한 인정이 넘치는 곳이다.

전주는 내 가족에게는 한반도 역사의 흔적이 실린 가족사의 접점같은 지역이다. 돌아가신 아버님은 평북 정주군 곽산면 출신이시다. 1951년경 남한으로 할아버지, 할머니, 고모 등 일가족이 내려오셔서 정착한 곳이 전주이다. 어머님 가족은 전주가 고향이지만 일제 시절 중국 산동성으로 옮겨가 살다가 해방 후 다시 전주로 돌아오셨다. 평북과 중국 산동성의 접점이 전주에서 생겼고 그 사이에서 필자가 태어난 것이다.

걸어서 통학을 한 초•중등학교. 고교시절 3년은 비가 오나 눈이 오나 자전거 통학을 했다. 그리고 19살의 나이에 공부를 위해 고향을 등졌다. 하지만 누구나 그렇듯 마음의 탯줄은 언제나 고향에 매여 있다.

좌 : 전주 한옥마을 2012. 12. 25(화)
우 : 전주 한옥마을 2013. 02. 11(월)

한옥이 주는 힐링

전주 한옥마을이다. 전주시 전동에 있는 이 마을 부근에는 한옥만 가득 들어서 있
다. 전주시가 한옥마을 보존을 한 것은 잘한 일이다. 세월이 흘러 현대식 건물이
점령군처럼 곳곳을 차지해버린 요즘 자취를 감춰가는 한옥의 제 가치가 빛을 드
러내고 있다. 메마른 콘트리트 건물로 뒤덮힌 디지털 세계에서 지치고 힘든가. 정
이 흐르고 과거가 그대로 담긴 아날로그 한옥마을로 가 감성의 물결에 발을 담가
보자. 아날로그의 과거는 디지털 현재의 힐링이다.

여의도 2013. 05. 01(수)

녹색 노을 속에서 벚꽃은 몸을 떨군다.

지는 그 순간까지 눈길을 외면하지 않는게 벚꽃에 대한 예의이다.

Spero, Spera
나는 희망한다. 너도 희망하라.

    빈센트 반 고흐. 1853년 3월 30일에 태어나 1890년 7월 29일 불과 37 살의 나이에 짧은 생을 마감한 네덜란드의 후기 인상파 화가. 고흐는 그림의 세계에 눈을 뜨게 해준 안내자였다. 순수한 영혼으로 세상에서 살아가며 상처투성이였지만 예술에 대한 그의 몰입은 한 생을 연소시키기에 충분했다. 미국 가수 돈 맥클린은 고흐의 삶을 노래한 곡 'Vincent' 에서 "순수해서 얼마나 힘들었어요(How you suffered for your sanity)" 라고 부른다. 하지만 고통과 고난에서 발원돼 나온 '역설적 열정' 은 고흐의 캔버스에 '예술에 대한 희망' 으로 그대로 묻어났다.

‘씽씽’, ‘찰칵’. 지난 1년 여간 필자의 삶을 가장 잘 보여주는 단어다. 자전거와 사진. 달리고 찍었다. 달린 만큼 커졌고 찍은 만큼 세상을 보는 눈이 따뜻해졌다. 만만치 않는 삶이다. 눈에 보이는 바닥도 가보았고, 마음은 바닥을 자주 ‘터치다운‘ 한다. 그럴수록 달리고 찍는다. 홀로 일어서고 작은 것에서 희망을 발견하는 괜찮은 방법이다. 달린 만큼 내려놓아 가벼워질수록, 찍은 만큼 작은 것에 시선이 머물수록 감사함과 희망의 씨앗이 삶에 뿌려진다. 목이 뻣뻣해서 위에서 보면 세상에 대단한 게 없어 보이질 모르지만 몸에서 힘을 빼고 관점이 낮아지면 어디서든 아름다움을 발견할 수 있다.

라틴어로 ‘Spero, Spera’ 라는 말이 있다. ‘나는 희망한다. 너도 희망하라’ 로 번역된다고 한다. 희망! 사전적 뜻은 ‘앞일에 대하여 어떤 기대를 가지고 바람’ 이다. ‘기대’ 와 ‘바람’ 이다. 칠흑 같이 어두운 삶속에서도 고흐는 그림을 통해 희망의 불을 꺼트리지 않았다. 필자는 마음을 담금질하며 ‘바람’ 의 물꼬를 여는 수단으로 자전거 타기와 사진 찍기를 선택했다.

유행어가 된 힐링은 책으로 강연으로 되는 게 아니라고 생각한다. 뭐가 됐든 어려움의 터널에서 빠져나올 수 있는 통로를 스스로 찾아내야 한다. 그랬을 때 희망의 실타래가 풀리지 않을까. 너도 희망하고 나도 희망할 수 있지 않을까.

　지나간 시간 뒤돌아 보지 말고, 오지도 않은 시간 앞당겨 걱정하지 말자. 과거를 자꾸 저축해 통장을 들춰보지 말고, 미래를 자꾸 가불해서 먼저 보지 말자. 후회해본들 과거는 한 치도 바뀌지지 않는다. 반성하고 현재를 낮게 살아가면 된다. 미래에 대한 걱정은 자신이 만들어 낸 공상의 스토리일 가능성이 크다. 그래서 내려지는 결론은 'Carpe Diem'. '지금 살고 있는 이 순간에 충실하라' 는 의미의 라틴어이다. 지금 발 딛고 있는 현실에서 곁에 서 있는 희망에 눈을 돌리면 발길이 가벼워 질 것이다.